시에서 삶을 읽다

두 교사가

나누는

삶과 시

이야기

시에서 삶을 읽다

권진희·이정관 지음

Ⓗ

차례

프롤로그

시는 유용한가?

30년 넘도록 시를 가르치며 살았다. 고등학교 때부터 시에 관심이 있었으니 40년이 넘게 시를 읽고, 공부하고, 생각하며 살았다. 긴 시간을 시와 함께하면서 시의 효용성에 대해 많은 생각을 했다. 시는 인간의 삶에 어떤 영향을 주는가? 시를 읽으면 좋은 사람이 되는가? 시는 인간에게 정말 필요한가? 어느 질문 하나 제대로 답하지는 못했지만, 그래도 시가 인간의 삶에 유용할 것이라는 믿음만은 여전했다. 그 믿음을 증명하고 싶었다.

그래서 같이 시를 공부했던 후배 선생님께 시에 관해 이야기해 보자고 요청했다. 내게 시란 무엇이었는지를 이야기할 테니, 선생님의 삶에서는 시가 어떤 의미였는지 말해 달라 했다.

우리는 편지로 시를 나누기 시작했다. 어느 때는 편지를 받자마자 곧장 답장을 쓰기도 했고, 어느 때는 한 계절쯤 지나서야 답장을 쓰기도 했다. 그렇게 각자의 삶에 자리 잡은 시를 만났다. 그 시를 만난 각자의 인생도 만났다.

각 열한 편씩, 총 스물두 편의 편지가 오갔다. 서로의 이야기를 번갈아 포개며, 우리의 삶에 시가 많은 영향을 미쳤음을 알았다. 시가 사람들의 삶에 유용한 존재가 됨을 알았다. 읽은 시들은 저 삶 깊숙이에 숨어 있다가 내 삶의 어떤 지점에서 불현듯 떠올라 나의 정서에 영향을 끼침을 알았다. 읽었던 시를 생각하며 어떤 감정이나 상황을 정리하기도 한다는 걸 알았다.

시는 인간의 삶에 유용한가? 유용하다. 시는 인간의 삶에 유용한 존재이다. 다양한 소통이 필요한 21세기에 시는 유용한 삶의 자산이다. 다양한 정서를 표현하는 시는 다양한 감정의 시대인 21세기에 유용한 삶의 보물이다.

스물두 편의 글을 읽으면서 삶을 들여다볼 수 있어서 좋았다. 후배 선생님의 삶을 더 잘 이해할 수 있어서 좋았다. 현대를 살아가는 사람들도 시를 통해 자신의 삶을 들여다보면 좋겠다.

이정관

새로운 시작을 위하여

갈매나무는 정처 없는 화자가 자신의 삶으로 침잠하여 찾은 삶의 이정표입니다.

어느 사이에 잃어버린 자신의 길입니다.

화자가 살고 싶은 삶의 모습이 갈매나무입니다.

저도 이 갈매나무를 생각합니다.

사람들은 어느 순간에 문득 자신의 삶을 들여다봅니다. 대체로 그때는 삶의 희망보다는 절망이 눈앞에 보일 때인 듯합니다. 삶의 기로에 서 있는 시간, 무언가 변화가 필요한 시간, 사람들은 자신의 삶으로 침잠합니다. 저 또한 그렇습니다. 이럴 때 저는 백석의 〈남신의주 유동 박시봉방〉이 떠오릅니다.

어느 사이에 나는 아내도 없고, 또,

아내와 같이 살던 집도 없어지고,

그리고 살뜰한 부모며 동생들과도 멀리 떨어져서,

그 어느 바람 세인 쓸쓸한 거리 끝에 헤매이었다.

바로 날도 저물어서,

바람은 더욱 세게 불고, 추위는 점점 더해 오는데,

나는 어느 목수네 집 헌 삿을 깐,

한 방에 들어서 쥔을 붙이었다.

이리하여 나는 이 습내 나는 춥고, 누긋한 방에서,

낮이나 밤이나 나는 나 혼자도 너무 많은 것같이 생각하며,

질옹배기에 북덕불이라도 담겨 오면,

이것을 안고 손을 쬐며 재 위에 뜻없이 글자를 쓰기도 하며,

또 문 밖에 나가지두 않고 자리에 누워서,

머리에 손깍지 베개를 하고 굴기도 하면서,

나는 내 슬픔이며 어리석음이며를 소처럼 연하여 새김질하는 것이었다.

내 가슴이 꽉 메어 올 적이며,

내 눈에 뜨거운 것이 핑 괴일 적이며,

또 내 스스로 화끈 낯이 붉도록 부끄러울 적이며,

나는 내 슬픔과 어리석음에 눌리어 죽을 수밖에 없는 것을 느끼는 것이었다.

그러나 잠시 뒤에 나는 고개를 들어,

허연 문창을 바라보든가 또 눈을 떠서 높은 천장을 쳐다보는 것인데,

이때 나는 내 뜻이며 힘으로, 나를 이끌어 가는 것이 힘든 일인 것을 생각하고,

이것들보다 더 크고, 높은 것이 있어서, 나를 마음대로 굴려 가는 것을 생각하는 것인데,

이렇게 하여 여러 날이 지나는 동안에,

내 어지러운 마음에는 슬픔이며, 한탄이며, 가라앉을 것은 차츰 앙금이 되어 가라앉고,

외로운 생각만이 드는 때쯤 해서는,

더러 나줏손에 쌀랑쌀랑 싸락눈이 와서 문창을 치기도 하는 때도 있는데,

나는 이런 저녁에는 화로를 더욱 다가 끼며, 무릎을 꿇어보며,

어니 먼 산 뒷옆에 바위 섶에 따로 외로이 서서,

어두워 오는데 하이야니 눈을 맞을, 그 마른 잎새에는,

쌀랑쌀랑 소리도 나며 눈을 맞을,

그 드물다는 굳고 정한 갈매나무라는 나무를 생각하는 것이었다.

백석, 〈남신의주 유동 박시봉방〉

〈남신의주 유동 박시봉방〉은 자신의 삶 속으로 침잠하는 화자의 이야기입니다. 어느 사이에 홀로된 화자는 어느 목수네 집에 세 들어 살며 슬픔이며 어리석음이며를 소처럼 연하여 새김질합니다. 날은 춥고 화자의 삶도 춥습니다. 가슴이 꽉 메어오기도 하며, 눈에 뜨거운 것이 핑 괴기도 하며, 화끈 낯이 붉도록 부끄럽기도 합니다. 슬픔과 어리석음에 눌리어 죽을 수밖에 없는 것을 느낄 때쯤 화자는 이 모든 일이 자신보다 더 크고 높은 것이 있어서 자신을 마음대로 굴려가는 것이라고 생각합니다. 그리고 바위 섶에 외로이 서서 하이야니 눈을 맞을 굳고 정한 갈매나무라는 나무를 생각합니다. 자신의 힘으로 어찌할 수 없는 삶의 운명을 생각합니다.

이 모든 것이 자신의 탓이 아님을 생각하며 견뎌갑니다.

34년이란 학교생활을 마무리하는 요즘, 저는 자주 이 시를 생각합니다. 새로운 삶을 살아야 하는 저는 제 삶 속으로 자주 침잠합니다. 학교에 쌓아놓았던 책을 정리하면서 무엇을 읽고 무엇을 하며 살았는지 생각합니다. 34년 동안 아이들에게 받았던 편지를 정리하면서 이렇게나 고운 편지를 쓴 아이들의 이름조차도 잊어버린 무심함을 생각합니다. 아이들을 사랑하며 살았다고 생각했는데, 아이들에게 참으로 많은 사랑을 받으며 살았음을 편지를 읽으며 생각합니다. 내가 살아온 길 위에 나 혼자 있지 않았음을, 많은 것들과 함께 걸어왔음을, 한 삶을 마무리하면서 생각합니다. 그러면서 〈남신의주 유동 박시봉방〉의 화자처럼 제 삶으로 침잠합니다.

34년은 참으로 긴 시간입니다. 제가 살아온 삶의 절반이 넘는 시간입니다. 그 긴 시간을 마무리하고 새로운 삶을 시작하려니 두렵습니다. 다행히도 저는 〈남신의주 유동 박시봉방〉의 화자처럼 세상의 끝에 서 있지는 않습니다. 그러나 익숙한 길을 벗어나 새로운 길로 가야 하는 두려움은 퍽 깊습니다. 정해지지 않는 길로 가야 하는 두려움. 이 두려움 속에서 저 또한 갈매나무를 생각합니다.

갈매나무는 정처 없는 화자가 자신의 삶으로 침잠하여 찾은 삶의 이정표입니다. 어느 사이에 잃어버린 자신의 길입니다. 화자가 살고 싶은 삶의 모습이 갈매나무입니다. 저도 이 갈매나무를 생각합니다. 새로운 길을 가다 헤맬 때, 헤매지 않고 서 있을 저의 갈매나무를 생각합니다. 한 갑자의 삶을 정리하면서 나를 지켜온 갈매나무가 무엇인지를 생각합니다. 앞으로 살아갈 길의 갈매나무를 생각합니다.

선생님! 선생님은 여전한 길을 올해도 걸으시겠지요. 지금까지 잘 걸어오신 길이지만, 그래도 두려우실 겁니다. 이럴 때 선생님께서도 이 갈매나무를 생각하시길 소망합니다. 같이 각자의 갈매나무를 찾으며 한 해를 걸어가 보게요.

잃어버렸습니다

'무얼 어디다 잃었는지 몰라' 그저 길을 헤맸어요.
'내가 사는 것은, 다만, 잃은 것을 찾는' 과정인 것 같았어요.
담 저쪽에 있는 나를 만나고 싶었고,
내가 어떤 사람이 되고 싶은 건지 알고 싶었어요.

저는 34년이라는 시간이 가늠도 되지 않아요. 34년 동안 출퇴근을 하며 밥벌이를 했다는 사실이요. 분명히 그런 사람들이 존재하고 눈앞에 실재하지만, 잡히지 않는 신기루 같아요. 그래도 그 긴 시간을 견디며 살아낸 것은 교사였기에 가능하지 않았나 싶어요. 교사라는 직업은 비슷한 일상의 반복이지만, 같은 날이 단 한 순간도 존재하지 않아요. 매해 새로운 아이들을 만나 새로운 일 년이 시작되니까요. 아마 그래서 그 긴 시간을 보낼 수 있었을 거예요. 아이들에게 상처받기도 하지만, 더불어 성장할 수 있었기 때문이겠지요. 이런 면에서 교사라는 직업은 매력적인 것 같아요.

그럼에도 불구하고 34년이라는 시간은 참 길어요. 선생님은 교사로 산 시간이 그렇지 않은 시간보다 더 긴 거예요. 그것만으로도 기억될 만한 인생을 산 것이라고 믿어요.

이제 선생님은 교사라는 정체성 대신 다른 정체성으로 사시겠네요. 어떤 삶이든 34년의 그 시간이 앞으로의 삶을 더 깊게 할 거라 믿습니다. 선생님의 침잠이 그리 길지 않기를 바라며, '갈매나무'를 소리 내어 발음해 봅니다. '그 드물다는 굳고 정한 갈매나무라는 나무를' 상상해 봅니다. 언제나 사는 것은 어려워, 제 인생에도 굳고 정한 갈매나무라는 나무가 있으면 좋겠다는 생각도 해봅니다. 인생의 안내판 같은, 나침판 같은, 지도 같은, 그런 존재요. 드라마 〈이상한 변호사 우영우〉의 돌고래 같은 그런 존재요.

갈매나무. 제게도 굳고 정한 갈매나무가 있겠지요? 아직 저는 저의 갈매나무가 쉽게 떠오르지 않아요. 찾아가는 과정인가 봅니다. 그래서 제가 자주 흔들리며 살아가고 있는 걸까요?

10여 년 전, 저는 만나는 선배님들께 "지금 제 나이에 무얼 하셨나요?"라고 묻곤 했어요. 궁금했어요. 이제 30대인 나는 어떻게 살아야 할까? 아마 선택의 여지가 가장 많은 시기이기 때문에 그런 질문을 했을 거라 생각해요. 결혼을 해야 할지(물론 하겠다고 할 수 있는 것도 아니지만), 계속 이 직업을 가져야 할지, 아이들과 점점 나이 차이가 나는 교사로서 어떻게 살아야 할지…….

또래의 다른 사람보다 잘 살고 싶었거든요. 어떻게 하면 잘 살 수 있을까? 다른 사람들은 지금 내 나이에 어떻게 살았을까? 저렇게 멋지게 자기 삶을 살아가고 있는 선배를 따라가다 보면 나도 좋은 사람, 멋진 사람이 되지 않을까? 그런 마음이었을 것 같아요. 저의 우문에 선배님들은 한결같이 비슷한 대답을 해주셨어요. "지금 선생님은 그때의 저보다 훨씬 많은 걸 하고 있고, 훨씬 잘 살고 있어요." 저는 그 말을 듣고 만족했을까요? 아니요. 저는 제 삶에 만족하지 못하고 끊임없이 타인과 저를 비교하며 살았어요. 그래서 길을 잃을 때가 많았어요. 윤동주의 〈길〉처럼요.

잃어버렸습니다.
무얼 어디다 잃었는지 몰라
두 손이 주머니를 더듬어
길에 나아갑니다.

돌과 돌과 돌이 끝없이 연달아
길은 돌담을 끼고 갑니다.

담은 쇠문을 굳게 닫아
길 위에 긴 그림자를 드리우고

길은 아침에서 저녁으로
저녁에서 아침으로 통했습니다.

돌담을 더듬어 눈물짓다
쳐다보면 하늘은 부끄럽게 푸릅니다.

풀 한 포기 없는 이 길을 걷는 것은
담 저쪽에 내가 남아 있는 까닭이고,

내가 사는 것은, 다만,
잃은 것을 찾는 까닭입니다.

윤동주, 〈길〉

'무얼 어디다 잃었는지 몰라' 그저 길을 헤맸어요. '내가 사는 것은, 다만, 잃은 것을 찾는' 과정인 것 같았어요. 담 저쪽에 있는 나를 만나고 싶었고, 내가 어떤 사람이 되고 싶은 건지 알고 싶었어요. 이상의 〈거울〉 속 화자처럼, 진실한 나를 찾아 손 내밀고 싶었던 것 같아요.

그럼, 그때로부터 10여 년이 지난 지금은 길을 찾았을까요? 아니요. 여전히 흔들리고 방황하며 살아가고 있어요. 다만, 한 가지는 알아요. 이 길을 걷는 나와 담 저쪽에 있는 내가 한 몸이듯, 흔들리는 나와 길을 헤매는 내가 모두 나의 모습이라는 걸요. 잘 살아보려고 발버둥 치는 그 모든 순간이 모두 나라는 사실이요. 이 모든 나를 사랑하고 아끼다 보면 저도 굳고 정한 갈매나무를 찾게 되겠지요. 그때까지 열심히 잃은 것을 찾아보려고요.

길을 찾는 선생님께

사는 일은 참으로 어렵습니다.

언제나 걷는 오늘의 길은 새로운 길입니다.

어제와 그리 다르지 않은 것 같은데, 어제와는 판이한 길입니다.

그러나 어제를 걸었기에 오늘을 걸을 수 있고 내일 또한 걸을 것입니다.

젊으나 늙으나, 남자나 여자나, 사는 것은 모두에게 다 어려운 일인 듯합니다. 교사의 길이 내 길이라 믿으며 34년을 걸어온 저도, 젊은 날부터 걸어온 길을 여전히 걷고 있는 선생님도 사는 것은 어려운가 봅니다. 어떻게 사는 것이 잘 사는 것인지를 알면 참 좋을 텐데, 그걸 알 수는 없네요. 오래 살았어도 내일은 언제나 어렵습니다. 내일 내가 가는 길은 언제나 첫길이니까요. 이육사도 그랬었나 봅니다.

"너는 돌다리목에 줘 왔다"던
할머니의 핀잔이 참이라고 하자

나는 진정 강언덕 그 마을에

버려진 문받이였는지 몰라?

그러기에 열여덟 새봄은
버들피리 곡조에 불어 보내고

첫사랑이 흘러간 항구의 밤
눈물 섞어 마신 술 피보다 달더라

공명이 마다곤들 언제 말이나 했나?
바람에 부쳐 돌아온 고장도 비고

서리 밟고 걸어간 새벽길 위에
간잎만 새하얗게 단풍이 들어

거미줄만 발목에 걸린다 해도
쇠사슬을 잡아맨 듯 무거워졌다

눈 위에 걸어가면 자욱이 지리라고
때로는 설레며 파람도 불지

이육사, 〈연보〉

빛나는 삶을 살았던 그도 사는 일이 힘들었나 봅니다. '열여덟 새봄'이 슬퍼서 술을 마시며, 자신이 문받이였을지도 모른다는 생각을 하는 이 시는 삶의 무게에 눌린 시인의 슬픈 자화상입니다. 일제강점기. 공명과는 거리가 먼 삶을 살아야 하는 식민지 시대 지식인의 숙명. 그 무게에 눌린 시인은 첫사랑이 흘러간 항구에서 눈물 섞어 술을 마십니다. 쇠사슬을 잡아맨 듯 무거워진 삶을 지고 살아갑니다. 그래도 꿋꿋이 자신의 삶을 살아내며, 때로는 설레며 휘파람도 불어봅니다.

삶은 그런가 봅니다. 누구에게나 힘들고 어렵나 봅니다. 소신 있게 살아간 사람들도 삶의 무게는 언제나 무거운가 봅니다. 미치지 않고는 살아갈 수 없는 시대 속의 삶이라면 더욱 그러하겠지요.

> 분명 라이플선을 튕겨서 올라
> 그냥 화화처럼 살아서 곱고
>
> 오랜 나달 연초에 끄슬린
> 얼굴을 가리면 슬픈 공작선
>
> 거치른 해협마다 흘긴 눈초리
> 항상 요충지대를 노려가다

이육사, 〈광인의 태양〉

그래서인지 이육사는 〈광인의 태양〉에서 자신을 '광인'으로 표현합니다. 항상 감시의 대상이었던, 비밀 조직의 일원으로 죽음과 삶의 경계를 넘나들 수밖에 없었던 이육사. 광인이 되어 살아가는 그는 뜨거운 태양을 묵묵히 손바닥으로 가립니다. 그는 이 모습을 '슬픈 공작선'이라고 표현합니다. 손바닥은 작고 초라해서 슬프지만, 불꽃처럼 살아가는 삶은 공작선 못지않게 화려하고 곱다고 이야기합니다.

시를 읽으면서 이 '슬픈 공작선'이라는 시구가 제 마음에 들어왔습니다. 그는 화약 연기에 오랜 시간 그슬린 얼굴을 손으로 가립니다. 뜨거운 태양을 피하기 위해 그가 할 수 있는 일은 손바닥으로 얼굴을 가리는 것뿐입니다. 얼굴 못지않게 그슬렸을 그의 손. 그는 그 손을 붉은빛으로 공작을 화려하게 그린 부채라고 생각합니다. 이 공작선은 치열한 삶을 사는 자의 자부심이며, 힘겨운 상황을 피하지 않고 스스로의 힘으로 버텨내는 자의 긍지일 것입니다.

백석 또한 〈나와 나타샤와 흰 당나귀〉에서 '산골로 가는 것은 세상한테 지는 것이 아니다'라고 말합니다. '세상 같은 건 더러워 버리는 것이다'라며 가난에 굴복하지 않는 자부심을 드러냅니다. 자부심과 긍지. 우리가 삶의 길을 걸어가면서 잊지 않고 가지고 가야 할 중요한 요소가 아닐까 생각합니다.

이육사의 〈연보〉와 〈광인의 태양〉, 백석의 〈나와 나타샤와 흰 당나귀〉를 읽으며 어떻게 살아갈지를 생각합니다. 어느 시대를 살아도 삶이 힘에 부칠 수밖에 없는 인간의 숙명을 생각합니다. 이 인간적 숙명에서, 비록 힘겨운 삶이지만 휘파람을 불며 공작선 같은 삶을 꿈꿉니다. 언제나, 어디서나 소신 있는 삶을 살아야겠다고 생각합니다. 자부심과 긍지를 가지며 살아갈 수밖에 없음을 생각합니다.

사는 일은 참으로 어렵습니다. 언제나 걷는 오늘의 길은 새로운 길입니다. 어제와 그리 다르지 않은 것 같은데, 어제와는 판이한 길입니다. 그러나 어제를 걸었기에 오늘을 걸을 수 있고 내일 또한 걸을 것입니다. 그러니 우리는 언제나 초심을 생각할 수밖에 없습니다. 그 초심을 이어서 오늘도 걷고 내일도 걸으니까요. 이 길이 진정 맞는 길인지는 확신할 수 없지만, 그래도 어제를 지침 삼아서 오늘을 걷고, 오늘을 거울삼아서 내일을 또 걸어갑시다. 훗날 그렇게 걸어온 길을 돌아보면 그때는 걸어온 만큼의 길이 보이겠지요. 그러니 길에 기죽지 말고, 그러나 자만하지 말고 오늘도 걸어봅시다. 걷다 보면 우리가 잃은 길이 우리 앞에 펼쳐질 수도 있을 거라 믿으면서요.

여행에 있어

어린이가 존재하지 않는다면
이 세상은 지금보다 훨씬 더 비극적일 것이라 확신합니다.
어린이의 엉뚱함, 낙천성, 대책 없는 순수함이
암울한 사회를 좀 더 나아지게 한다고 믿습니다.

길 이야기가 길어지네요. 저는 기억력이 좋은 편이 아니라 옛 기억이 많이 없는데, 몇 가지 인상적으로 남아 있는 장면 중 하나가 여섯 살쯤 아빠와 산길을 걸어갔던 기억이에요. 겨울밤이었고, 눈이 쌓여 있던 야트막한 산길을 아빠 손을 잡고 걸어갔어요. 보름달과 쌓인 눈 때문에 어둡다는 생각은 전혀 들지 않았어요. 보름달 때문에 생긴 나무 그림자가 어린 나이에도 신기했어요. 경기도 화성의 야산이었지요. 한겨울이었기 때문에 분명 추웠을 텐데, 아빠 손을 잡고 가는 길이어서 그랬는지 추운 느낌은 전혀 없고 오히려 환하고 따뜻했던 걸로 기억해요.

그리고 그때를 떠올리면 자연스럽게 이 시가 떠오릅니다. 윤동주의 〈아우의 인상화〉. 알고 있으면서도 자꾸 잘못 이야기하는 경우가 있는데, 저에게는 이 시가 그렇습니다. 저는 이 시를 자꾸 '아우의 초상화'라고 말합니다. 처음에 그렇게 기억을 하고 나니, 잘 고쳐지지 않네요.

붉은 이마에 싸늘한 달이 서리어
아우의 얼굴은 슬픈 그림이다.

발걸음을 멈추어
살그머니 앳된 손을 잡으며
"너는 자라 무엇이 되려니"

"사람이 되지"
아우의 설운 진정코 설운 대답이다.

슬며—시 잡았던 손을 놓고
아우의 얼굴을 다시 들여다본다.

싸늘한 달이 붉은 이마에 젖어,
아우의 얼굴은 슬픈 그림이다.

윤동주, 〈아우의 인상화〉

요새는 'X린이'라는 말이 유행입니다. 골린이, 캠린이, 주린이 등. 골프를, 캠핑을, 주식을 처음 시작하는 사람이나 잘 모르는 사람을 그렇게 부르지요. '어린이'의 '린이'를 붙여서요.

저 단어들을 듣는 어린이들은 어떤 생각을 할까요? 어른들이, 우리 사회가, 미디어가 자신들을 비하한다고 생각하지 않을까요? 어린이는 부족하고 어리석은 존재라고 스스로를 낮추어 생각하지는 않을까요? 아, 지금의 어린이들은 자신을 어린이라고 생각하지 않을 수도 있겠군요. 그렇다면 차라리 다행입니다.

오늘은 놀이터에 나가려고 양말을 신던 둘째 조카에게 이렇게 말했습니다. "어머! 우리 민지가 언제 이렇게 컸어? 혼자 양말도 신고. 다 커서 어린이가 됐네. 이제 아기가 아니네." 그랬더니 조카가 반대쪽 발에도 마저 제힘으로 양말을 신으려 낑낑대더군요. 민지에게 어린이는 어른이 되기 위해 꼭 거쳐야 하는 단계이자, 더 이상 아기가 아니라는 것을 보여주는 자랑스러운 훈장 같은 것이었습니다. 그리고 저는 조카에게 이렇게 말해주었습니다. "민지야, 너무 빨리 자라지는 마." 민지는 의아하다는 듯이 저를 쳐다보고는, 다시 양말 신기에 열중했지요.

사랑스러운 아이들의 이야기를 좀 더 해볼까요? 2017년 여름, 친구들과 6일간 대만 여행을 다녀왔습니다. 그 기간이 첫째 조카 생일과 겹쳐서 좀 아쉬웠지만, 더운 여름을 더 덥게 보내면서 여행을 즐기고 있었지요. 그런데 동생이 "민정이한테 생일 촛불 끄고 소원 빌라고 했더니, 이모 빨리 오라고 소원을 빌었어."라고 메시지를 보냈어요. 여섯 살 어린이에게 1년 치의 소원으로 대체될 만큼의 사랑을 받고 있다고 생각하니 가슴이 벅차올랐습니다. 당연하게도 한국으로 돌아가는 제 여행 가방 안에는 조카 민정이와 민지의 선물이 가득했지요. 한국에 도착하자마자 선물을 들고 동생네 집으로 갔습니다. 조카들은 제가 사 온 펑리수, 캐릭터 인형 등에 잠깐 관심을 보였지만, 금세 흥미를 잃고는 제게로 다가왔어요. 결국 우리는 함께 '무궁화꽃이 피었습니다'와 '꼭꼭 숨어라' 놀이를 했습니다. 조카들은 선물보다 이모와 함께 노는 걸 더 좋아하는 것 같았어요. 선물보다 더 좋은 건 누군가와 함께 시간을 보낸다는 것, 메를로 퐁티가 말했던 '살을 맞대는 것'이 어떤 의미인지 그 순간 알았습니다.

2022년 봄, 또다시 친구들과 2박 3일 여행을 보내고 있을 때, 어린이날을 보내던 둘째 조카가 전화를 했습니다. "이모, 아직도 여행에 있어?" 일곱 살 아이가 "이모는 여행 갔어."라는 말을 듣고는 '여행'도 어떤 지명인 줄 알았나 봅니다. 목포에 있다는 말, 강릉에 있다는 말처럼 여행에 있다는 말이 너무 예뻐서 몇 번을 되뇌어 보았습니다. 어린이날 선물로 커다란 레고를 미리 주었지만, 그것보다는 이모가 혼자 여행 갔다는 사실이 더 뇌리에 남았나 봅니다. 아직도 여행에 있다니, 빨리 돌아오라는 말이겠지요.

여행에 있다는 말. 교무실에 앉아 있는 저는 여전히 여행에 있고 싶어서 또다시 이 말을 뱉어봅니다. 여행에 있어. 이 말을 발견해준 민지, 1년 치 소원으로 이모를 선택한 민정이. 이 어린이들과 좀 더 오랫동안 빛나는 시간을 보낼 수 있기를, 그 빛나는 시간을 통과하며 제가 좀 더 나은 어른이 되기를, 이 어린이들이 살아갈 시대는 지금보다는 조금 더 괜찮아지기를 바라봅니다. 너무 과한 기대일까요?

뻔한 말처럼 들릴지 모르겠으나, 어린이가 존재하지 않는다면 이 세상은 지금보다 훨씬 더 비극적일 것이라 확신합니다. 어린이의 엉뚱함, 낙천성, 대책 없는 순수함이 암울한 사회를 좀 더 나아지게 한다고 믿습니다.

'너는 자라 무엇이 되려니'라는 형의 질문에 '사람이 되지'라는 설운 대답을 할 수 있는 것도 아우가 어린이이기 때문이라고 생각합니다. 그렇게 대답할 수 있는 어린이라는 존재가 있어야 미래가 그나마 숨 좀 쉴 수 있게 되지 않을까요?

비록 〈아우의 인상화〉에서의 아우의 얼굴은 당시의 시대 상황으로 인해 슬픈 얼굴이었으나, 민정이와 민지의 얼굴은 슬프지 않도록, 오늘의 어린이들이 'X린이'라는 말에 상처받지 않도록, 자신들이 얼마나 아름답고 빛나는 존재인지를 알 수 있도록 더 사랑해야겠다고 다시 생각해 봅니다.

40여 년 전 화성을 건넌, 지금의 저보다도 훨씬 젊었던 30대의 아빠는 제 얼굴을 보며 무슨 생각을 했을까요? 어쩐지, 아우를 바라보는 윤동주의 마음이 아니었을까 싶네요.

아름답고 빛나는 존재

그냥 사랑해야, 사랑하는 사람이 된다고 생각합니다.
'날카로운 첫 키스의 추억은 나의 운명의 지침을 돌려놓고
뒷걸음쳐서 사라'질지라도 한 번쯤은 사랑했다 말할 수 있을 테니까요.
사랑으로 하여 아름답고 빛나는 존재가 될 테니까요.

민정이와 민지 이야기 잘 읽었습니다. 선생님이 얼마나 조카를 사랑하는지 아주 또렷하게 그려집니다. 그래요. 어린이와 어른은 서로 사랑하고 사랑받는 존재입니다. 어린이는 무엇인가 부족하고 모자란 존재가 아닙니다. 어린이에게서 우리는 더 많은 것을 배우고 삽니다. 아주 큰 사랑을 받고 사는 것이지요.

'사랑'이라는 단어를 생각하면 먼저 한용운이 떠오릅니다. 저는 한용운을 '사랑의 시인'이라 지칭합니다. 그는 어떻게 사랑해야 제대로 된 사랑인지를 말합니다. 많은 사람이 사랑만큼 쉬운 것이 없다고 생각할지 모르지만, 사랑만큼 어려운 것도 없습니다. 모두가 아름다운 사랑을 꿈꾸지만 그러지 못하는 현실을 볼 때, 사랑하는 일만큼 어려운 일은 없습니다.

당신이 맑은 새벽에 나무 그늘 사이에서 산보할 때에 나의 꿈은 작은 별이 되어서 당신의 머리 위에 지키고 있겠습니다

당신이 여름날에 더위를 못 이기어 낮잠을 자거든 나의 꿈은 맑은 바람이 되어서 당신의 주위에 떠돌겠습니다

당신이 고요한 가을밤에 그윽이 앉아서 글을 볼 때에 나의 꿈은 귀뚜라미가 되어서 책상 밑에서 '귀똘귀똘' 울겠습니다

한용운, 〈나의 꿈〉

우리가 생각하는 사랑은 사랑하는 사람이 산보할 때 같이 산보하고, 같이 낮잠을 자고, 같이 글을 읽는 것일 것입니다. 그런데 이 시의 화자는 사랑하는 사람이 산보할 때 같이 산보를 하는 것이 아니라 작은 별이 되어 지켜주겠다고 합니다. 사랑하는 사람이 낮잠을 잘 때는 맑은 바람이 되어 땀을 식혀주고, 글을 볼 때는 귀뚜라미가 되어 당신의 글 읽기를 더 깊게 해주겠다고 합니다.

사랑하는 사람과 함께 무언가를 하는 일은 큰 기쁨이고 행복입니다. 그런데 이 시의 화자는 이보다 한발 더 나아가 당신의 기쁨과 행복을 위한 일이 더 좋다고 말합니다. 오롯이 사랑하는 당신이 행복하기만을 소망합니다. 당신이 행복할 때 자신도 행복하다고 말합니다. 그것이 '나의 꿈'이라고 말합니다.

남들은 자유를 사랑한다지마는 나는 복종을 좋아하여요

자유를 모르는 것은 아니지만 당신에게는 복종만 하고 싶어요

복종하고 싶은데 복종하는 것은 아름다운 자유보다도 달금합니다 그것이 나의 행복입니다

그러나 당신이 나더러 다른 사람을 복종하라면 그것만은 복종할 수가 없습니다

다른 사람을 복종하려면 당신에게 복종할 수가 없는 까닭입니다

한용운, 〈복종〉

이 시 또한 〈나의 꿈〉과 궤를 같이하는 시입니다. 오롯이 당신의 말을 들을 때 사랑을 느낄 수 있다는 말이지요. 사랑하는 당신에게 복종하는 것이 사랑이라는 것이지요. 그렇지만 다른 사람에게 복종하라는, 다른 사람을 사랑하라는 말은 들을 수 없다고 단호하게 말합니다.

우리는 종종 사랑을 줄다리기에 비유합니다. 끌어당기기도, 놓아주기도 해야 제대로 사랑하는 것이라 여기는 것이지요. 밀고 당기지 않으면 사랑을 쟁취할 수 없다고 생각하는 것이지요. 이는 아마 시의 화자처럼 일방적으로 사랑하기만 하면 상대가 나를 하찮게 여겨 떠나갈 거라는 염려 때문일 것입니다.

그러나 한용운은 사랑이란 받는 것에 있는 것이 아니라 하는 것에 있다고 말합니다. 사랑받기 위해 사랑하는 것이 아니라 오롯이 사랑하는 것이 사랑이라고 말합니다. 사랑을 받아서 행복한 것이 아니라 사랑해서 행복하다고 말합니다. 사랑은 그냥, 하는 것이라

고요.

사랑만큼 어려운 일은 없습니다. 인류의 역사는 사랑의 역사일 것입니다. 그런데도 여전히 사랑은 어렵습니다. 어떻게 사랑하며 살아야 하는지 참으로 막막할 때가 많습니다. 그럴 때마다 저는 한용운의 시를 생각합니다. 연인의 사랑이건, 부모와 자식 간의 사랑이건, 선생과 제자 간의 사랑이건 사랑은 어렵습니다. 그래도 사랑하라고 말하고 싶습니다. 사랑받기 위해서 사랑하지 말고, 그냥 사랑하는 사람이 되었으면 좋겠습니다.

선생님이 조카들에게 쏟는 그 사랑처럼, 그냥 사랑해야, 사랑하는 사람이 된다고 생각합니다. '날카로운 첫 키스의 추억은 나의 운명의 지침을 돌려놓고 뒷걸음쳐서 사라'질지라도 한 번쯤은 사랑했다 말할 수 있을 테니까요. 사랑으로 하여 아름답고 빛나는 존재가 될 테니까요.

첫 문장

'처음'을 잘해볼게요.

인생을 처음처럼 잘 살아볼게요.

어느 사이에 인생의 소중한 것들이 사라져버리지 않도록,

남들과 비슷한 이유로 행복하게 살아봐야지요.

선생님의 사랑 이야기를 들으니 '첫'이라는 단어가 저를 사로잡네요. 한용운의 〈첫 키스〉도 떠오르고요. 첫사랑도 생각나네요. 무엇이든 처음은 언제나 가슴을 뛰게 해요.

마포구에 있는 '서점 리스본'에서 공책 한 권을 샀어요. '첫 문장'이라는 제목의 공책이고, 2~3쪽마다 첫 문장이 적혀 있어요. 무려 231쪽에 달하는 두꺼운 공책이에요. 첫 문장이 이미 적혀 있으니 글을 쓰기가 한결 수월할 거라는 단순한 생각으로 주저 없이 샀지요. 그런데 막상 첫 장을 넘기고 "어떤 감정에 너무 오래 머무르면 그게 내 집이 되어버린다."라는 문장을 마주하고서는 한참 동안이나 멍하니 있었어요. 그리고 그대로 다시 공책을 덮었지요.

인상적인 첫 문장을 꼽을 때마다 빠지지 않는 소설 가운데 하나가 톨스토이의 《안나 카레니나》입니다. "행복한 가정은 모두 비슷한 이유로 행복하지만, 불행한 가정은 저마다의 이유로 불행하다."라는 문장이지요. 《이방인》, 《롤리타》, 《설국》 등 여러 소설이 같이 언급되곤 하는데, 저는 《안나 카레니나》의 이 문장이 유독 머릿속에 남아요. 제 이야기 같아서겠지요. 인간이라면 모두 '행복하게 오래오래 살았습니다.'라는 결말을 맺고 싶지만, 슬프게도 인간은 저마다의 이유로 불행하게 살아가고 있는 건 아닌가 하는 생각을 합니다. 다른 사람에게는 불행이 아닌데, 나에게는 불행이 될 수도 있겠다는 생각이 들기도 하고요.

꼬리를 무는 상념 속에서 시의 첫 문장을 떠올려 봅니다. 저는 백석의 〈남신의주 유동 박시봉방〉의 '어느 사이에 나는 아내도 없고, 또'라는 첫 문장을 떠올려요. 시의 처음이 '어느 사이에'라니요. 정말 어느 사이에 시가 시작되어 버렸어요. 그 뜬금없음이 새로워요. 마치 가수 성시경의 노래 〈너의 모든 순간〉이 '이윽고'로 시작되는 것처럼요. 그리고 자연스럽게 '빈틈없이 행복해', '남김없이 고마워'라는 구절을 흥얼거리게 되지요.

김수영 〈풀〉의 첫 문장도 좋아해요. '풀이 눕는다'라고 말할 때면 자연스레 머릿속에 떠오르는 이미지가 있기 때문일 거예요. '풀'이라고 발음할 때 입 밖으로 터지는 바람과 풀이 눕도록 불어오는 바람이 같이 느껴지거든요.

풀이 눕는다.
비를 몰아오는 동풍에 나부껴

풀은 눕고
드디어 울었다.
날이 흐려서 더 울다가
다시 누웠다.

풀이 눕는다.
바람보다도 더 빨리 눕는다.
바람보다도 더 빨리 울고
바람보다 먼저 일어난다.

날이 흐리고 풀이 눕는다.
발목까지
발밑까지 눕는다.
바람보다 늦게 누워도
바람보다 먼저 일어나고
바람보다 늦게 울어도
바람보다 먼저 웃는다.
날이 흐리고 풀뿌리가 눕는다.

김수영, 〈풀〉

4월 말 즈음 파랗게 자란 보리밭에 가본 적이 있어요. 긴 머리가 주체가 안 될 만큼 바람이 세차게 불자, 마치 바다처럼 보리밭에

파도가 일었어요. 바람결 따라 보리가 출렁거리는 모습은 경이로웠어요. 풀이 눕는다는 표현이 정확히 이해가 되었어요. 세찬 동풍을 보리와 함께 온전히 느끼자 자연스럽게 폴 발레리가 말한 "바람이 분다. 살아야겠다."라는 문장도 생각났어요. 그러면서 살아야겠다는 다짐을 새삼스럽게 하게 되었지요.

'드디어 울었다'라는 문장도 새롭게 다가오네요. 마치 풀이 울기만을 기다린 듯한 말이에요. 내내 울음을 참던 화자가 바람이 불어 풀이 흔들리니 그 소리에 안겨 마침내 울 수 있었나 봐요. 빨리 눈물을 털어낼수록 다시 웃을 수 있는 날도 그만큼 가까워지기 때문일까요? 시는 곱씹을수록, 또 읽는 시기에 따라서도 그 의미가 매번 새롭게 다가온다더니 정말 그렇네요. 김수영의 〈풀〉을 소리 내어 읽어보며 시의 매력에 새삼 빠져봅니다.

그러고 보면 첫눈, 첫사랑, 첫 키스, 첫 월급……. '첫'이라는 말이 붙어서 아름답지 않은 것이 없네요. 심지어 '첫 문장'조차도요. 첫 문장만 쓰면 글의 절반은 완성된다는 심정적 위안도 그렇고요. 왜 그럴까요? 처음이 있다는 건 두 번째도 있고 마지막도 있다는 뜻일 테니까, 라는 생각이 듭니다. 그러고 보면 처음이 처음일 수 있는 건 끝이 있기 때문이겠네요. '첫 죽음'이라는 말이 없는 것도 같은 이유겠지요. 죽음은 그 자체로 끝이니까요.

'처음'을 잘해볼게요. 인생을 처음처럼 잘 살아볼게요. 어느 사이에 인생의 소중한 것들이 사라져버리지 않도록, 남들과 비슷한 이유로 행복하게 살아봐야지요.

오늘은 제 인생의 첫 오늘이니까, 오늘부터 새롭게 잘 살아보겠습니다.

위안

사람은 도시를 만들어 함께 살아가고 있지만,
진정 행복한 삶은
자연에 깃들어 사는 삶이 아닐까 생각합니다.
아름다운 자연 안에서 넋을 놓고 삶을 위로받으며 사는 것이지요.

그러나 겨울이 지나고 나의 별에도 봄이 오면
무덤 위에 파란 잔디가 피어나듯이
내 이름자 묻힌 언덕 위에도
자랑처럼 풀이 무성할 게외다.

윤동주, 〈별 헤는 밤〉 중에서

윤동주의 이름자가 묻힌 언덕 위의 풀들이 자라 김수영의 시 속 강인한 생명력을 가진 풀이 되지 않았을까 하는 허무맹랑한 생각을 해봅니다. 비록 움직이지 못하고 한곳에 정착하여 살지만, 그 어떤 존재 못지않게 생명력이 넘치는 풀들. 때로는 잡초로, 때로는 들꽃으로 불리는 이름 모를 풀들. 선생님의 글을 읽으면서 자연의 존재들이 가진 위안의 힘에 대해 생각해 보았습니다.

저는 가끔 부모님 산소 앞에 멍하니 앉아 있곤 해요. 아버지가 산을 개간해서 밭을 만들었는데, 저는 그 밭을 다시 산으로 만들어 부모님을 모셨지요. 그 산소 앞 잔디밭에 앉아 김소월의 〈금잔디〉를 되뇌곤 합니다. '심심산천에 붙는 불은 가신 임 무덤가에 금잔디'라고요. 그러면 마음이 편해져요. 제 부모님 산소가 김영랑의 언덕이 되는 것이지요.

어덕에 바로 누워
아슬한 푸른 하늘 뜻없이 바래다가
나는 잊었습네 눈물 도는 노래를
그 하늘 아슬하여 너무도 아슬하여

김영랑, 〈어덕에 바로 누워〉 중에서

부모님의 산소에 자란 풀들은 제게 위안을 줍니다. 자연이 주는 위안이지요. 부모님 산소 앞 잔디에 앉아 있으면 마음을 내려놓고 쉴 수 있어요. 자연은 항상 같은 자리에서 우리에게 많은 위안을 줍니다. 정신없이 살다가도 풀과 나무에 기대어 자연 속에 머물면 마음이 편해지지요.

지난여름, 경북 영양에 가서 자작나무를 보고 왔어요. 어렵게 전기버스를 얻어타고 자작나무숲에 도착했는데, 곧 비가 내리기 시작했습니다. 갑작스레 펼쳐진 비 오는 자작나무숲은 참으로 경이로웠어요. 빼곡한 하얀 기둥과 바람에 흔들리는 잎들. 비는 그 잎

사이로 내리고, 바람은 쉼 없이 사방을 흔들어댔습니다. 눈이 부실 정도로 찬란히 빛나는 광경이었지요. 그 순간, 백석도 저와 같은 장면을 보고 〈백화〉라는 시를 쓰지 않았을까 상상했습니다.

> 산골집은 대들보도 기둥도 문살도 자작나무다
> 밤이면 캥캥 여우가 우는 산도 자작나무다
> 그 맛있는 메밀국수를 삶는 장작도 자작나무다
> 그리고 감로같이 단 샘이 솟는 박우물도 자작나무다
> 산 너머는 평안도 땅도 보인다는 이 산골은 온통 자작나무다
>
> 백석, 〈백화〉

사람은 도시를 만들어 함께 살아가고 있지만, 진정 행복한 삶은 자연에 깃들어 사는 삶이 아닐까 생각합니다. 아름다운 자연 안에서 넋을 놓고 삶을 위로받으며 사는 것이지요. 가끔 일상이 지칠 때면, 선생님도 그렇게 자연에 안겨 위로받으셨으면 좋겠어요.

언제 기회가 되면 함께 영양에 가 자작나무를 봐요. 하얀 자작나무숲에서 김수영의 〈풀〉도 읽고, 백석의 〈백화〉도 같이 읽어봐요. 그 아래 자라고 있을 풀들도 그윽한 눈으로 쳐다보고요. 멍하니 앉아 풀과 나무에게서 위안을 받고 오게요.

멍
때리기

최선을 다하지 않아도 흘러갈 것은 흘러가고 남을 것들은 남게 되겠지요.

그러니 적어도 하루에 한 시간쯤은 최선을 다하지도,

최선 그 이상을 더 하지도, 아무것도 하지 않고

멍 때리며 살아볼까 봐요.

실수가 늘었습니다. 결재를 올렸는데, 북부교육청으로 보낼 공문을 중부교육청으로 보냈습니다. 교감 선생님이 바로잡아 주셨기에 망정이지, 제 공문이 여기저기 떠돌 뻔했어요. 요즘은 5분 전에 생각했던 일도 까먹기 일쑤입니다.

요새 왜 이러나 자괴감에 빠져 있을 무렵, 학교폭력 예방 교육으로 컬러링 활동을 준비했습니다. 아무 생각 없이 색연필로 색칠을 하며 한 시간을 보냈습니다. 방송반에서는 유행하는 음악을 틀어줬고요. 아이들은 삼삼오오 모여 아무 생각 없이 하얀 종이를 채워 나갔습니다.

노래를 흥얼거리면서 열심히 색칠하는 아이들을 보며, 책 안 가져왔다고 혼내고, 숙제 안 했다고 혼내고, 학습지 잃어버렸다고 혼내던 저를 떠올렸습니다. '그래, 아이들도 실수할 수 있지.' 나보다 더 바빴으면 바빴지 절대 한가하지 않을 아이들의 삶을 떠올리며, 내가 완벽하지 않듯 아이들도 완벽하지 않을 거라는 생각을 했어요. 그리고 제게도 아이들에게도, 한 시간쯤은 멍하니 아무것도 하지 않을 권리가 필요하겠다는 생각도 들었습니다.

우연히 SNS를 보다가 2011년에 가르쳤던 한 아이의 게시물을 발견했습니다. 제가 예전에 미니홈피 대문에 올려놨던 "더함도 덜함도 없이 최선 그 이상을 다할 것이다."라는 구절을 자신의 책상에 붙여놓은 사진이었어요. 그걸 자신의 좌우명이라며 써놓았던 거예요. 저도 그 구절을 어디에서 보고 쓴 건지, 그 당시 저의 생각이었는지 기억이 나지 않아요. 다만 그 게시물을 본 순간, 가슴이 툭, 내려앉았어요.

얼마나 무서운 말인가요. 더 쥐어짜라는 말을 곱게 포장한 것에 불과하잖아요. 최선을 다했으면 됐지, 최선 그 이상을 다할 것이라니. 그 말을 좌우명으로 삼은 저 아이의 삶은 얼마나 고단할까 싶더라고요. 또 만에 하나라도 실패한다면 자신이 최선을 다하지 못한 탓이라며 자책할 아이의 얼굴이 상상돼 얼굴이 화끈거렸어요.

"아이야, 최선 그 이상을 하지 마. 아니, 최선도 다하지 마. 그냥 네가 할 수 있는 만큼만 해. 그 정도면 충분해. 이미 넌 최선을 다하고 있어."라고 말해주고 싶었어요. 그러나 차마 그 게시물에 댓글을 달 수가 없더라고요. 너무 미안해서요.

그리고 교사의 말 한마디가 학생들에게 얼마나 막대한 영향을 끼치는 것인가 싶어 무서워졌어요. 무심코 내뱉었던 한마디가 저

아이의 평생을 좌우하게 될지도 모른다는 생각. 정작 저는 그 말을 제가 한 것인지 누군가의 말을 옮겨온 것인지도 모르는데요. 말은 무서워요. 기록은 더 무섭지요. 키보드를 누르는 손가락에 힘이 들어가네요.

노주인의 장벽에
무시로 인동 삼긴 물이 내린다.

자작나무 덩그럭 불이
도로 피어 붉고,

구석에 그늘지어
무가 순 돋아 파릇하고,

흙냄새 훈훈히 김도 사리다가
바깥 풍설 소리에 잠착하다.

산중에 책력도 없이
삼동이 하이얗다.

정지용, 〈인동차〉

이 시의 노주인처럼 시계도 달력도 안 보고 바깥의 소리에 귀 기울여 보려고요. 복잡한 생각은 다 가라앉히고 차 한잔 마셔보려고요. 최선을 다하지 않아도 흘러갈 것은 흘러가고 남을 것들은 남게 되겠지요. 그러니 적어도 하루에 한 시간쯤은 최선을 다하지도, 최선 그 이상을 더 하지도, 아무것도 하지 않고 멍 때리며 살아볼까 봐요.

나만의 장소

누구에게나 고향은 따스하고 그리운 곳일 것입니다.

자기 삶의 아름다운 장소인 것이지요.

저 또한 그렇습니다.

나의 아름다운 기억이 오롯이 살아 있는 장소.

삶은 '시간과 공간'이라는 날줄과 씨줄로 엮여 있습니다. 시간은 삶을 길게 이어주기도 하고, 또 단절시키기도 합니다. 긴 시간은 역사가 되어 다시 인간의 삶으로 되돌아옵니다. 그래서 시간을 잘 살피면 삶을 더 멋지게 살 수도 있습니다. 이 영속의 시간 속에서 모든 인간이 제각각의 삶을 살게 하는 것은 공간입니다.

제 삶의 가장 큰 공간은 지구일 것이고, 그다음으로는 한국이라는 나라일 것입니다. 지구의 생명체로, 한국의 시민으로 태어난 저의 삶은 이 공간의 영향을 받습니다. 무너져가는 지구 생태계가, 공감보다 혐오가 넘치는 대한민국이 제 삶에 많은 영향을 미칩니다. 시간이 보편적인 인간의 삶을 만드는 것이라면, 공간은 개개인의 삶에 영향을 주는 존재입니다.

개인의 삶에 큰 영향을 미치는 공간. 이 공간을 개인이 의미와 가치를 부여하며 구체적인 삶을 만들 때 '장소'가 됩니다. 저의 삶에도 다양한 장소가 존재하지만, 특히 의미 있는 장소는 두 곳입니다. 하나는 사라진 장소이고, 하나는 새로 생겨난 장소입니다.

지금은 전주효문중학교가 되어버린 전주효문여자중학교 도서관. 저는 34년의 교직 생활 중 25년 동안 도서관 업무를 맡았습니다. 처음에 도서관은 교실 반 칸 정도밖에 되지 않는 크기였습니다. 그러다 교실 한 칸, 두 칸, 세 칸만큼 커져 몇 년 뒤에는 운동장을 빼고 나면 학교에서 가장 넓은 공간이 되었습니다. 방과 후면 저는 늘 그곳에서 아이들과 함께 책을 읽고 공부를 했습니다. 사계의 변화도 그곳에서 느꼈습니다. 저라는 한 인간이 새로 태어난 곳이 바로 전주효문여자중학교 도서관이었습니다. 제게는 그 도서관이 소중한 '장소'가 된 것이지요. 학교를 그만두면서 저는 이 장소를 잃었습니다. 그리고 제 방이라는 새 장소를 얻었습니다.

60년을 살면서 저는 제 방을 가진 적이 없었습니다. 어린 시절에는 어머니와 안방에서 살았고, 고등학생 때는 사돈 형과 함께 살았습니다. 결혼 생활은 단칸방에서 시작했고, 아이들이 태어나면서는 두세 개의 방이 생겼지만 그게 제 방이 되지는 않았습니다. 세월이 흘러 전주효문여자중학교 도서관이라는 장소를 잃고 나서야 저는 드디어 제 방을 가질 수 있게 되었습니다. 아들 녀석이 결혼하면서 빈방이 하나 생긴 덕분이지요. 마음에 드는 책상과 책장을 놓고 제 물건들도 들여놓았습니다. 도서관이라는 소중한 장소를 잃고 나서 허전했던 마음을 이 방이 다소나마 채워줍니다.

시인들에게도 자신만의 장소가 있습니다. 아름다운 시들을 잉태하는 장소들. 그 가운데 가장 보편적이면서도 특수한 장소가 '고향'입니다. 시인을 만들어낸 장소, 고향. 이 고향을 가장 잘 표현한 시인은 정지용입니다. 정지용은 열네 살부터 고향을 떠나 살았나 봅니다. 〈옛이야기 구절〉에서 시인은 '열네 살부터 나가서 고달팠노라'고 고백합니다. '나가서도 고달프고 돌아와서도 고달팠노라'던 시인은 고향을 떠나서 들은 이야기를 고향으로 돌아와 가족과 동네 사람들에게 전합니다.

넓은 벌 동쪽 끝으로
옛이야기 지줄대는 실개천이 회돌아 나가고,
얼룩빼기 황소가
해설피 금빛 게으른 울음을 우는 곳,

—그곳이 차마 꿈엔들 잊힐리야.

질화로에 재가 식어지면
비인 밭에 밤바람 소리 말을 달리고,
엷은 졸음에 겨운 늙으신 아버지가
짚베개를 돋아 고이시는 곳,

—그곳이 차마 꿈엔들 잊힐리야.

흙에서 자란 내 마음
파아란 하늘빛이 그리워
함부로 쏜 화살을 찾으려
풀섶 이슬에 함추름 휘적시던 곳,

—그곳이 차마 꿈엔들 잊힐리야.

전설 바다에 춤추는 밤물결 같은
검은 귀밑머리 날리는 어린 누이와
아무렇지도 않고 예쁠 것도 없는
사철 발 벗은 아내가
따가운 햇살을 등에 지고 이삭 줍던 곳,

—그곳이 차마 꿈엔들 잊힐리야.

하늘에는 성긴 별
알 수도 없는 모래성으로 발을 옮기고,
서리까마귀 우지짖고 지나가는 초라한 지붕,
흐릿한 불빛에 돌아앉아 도란도란거리는 곳,

—그곳이 차마 꿈엔들 잊힐리야.

정지용, 〈향수〉

정지용에게 고향은 이런 곳입니다. 차마 꿈에도 잊히지 않을 곳, 자신의 삶이 고스란히 남아 있는 장소지요. 그런데 그가 떠났다 다시 돌아온 고향은 그가 기억하던 고향의 모습이 아닙니다. 그는 〈고향〉에서 고향을 '산꿩이 알을 품고 뻐꾸기 제철에 울며, 흰 점꽃은 인정스레 웃지만 메마른 입술만 쓰디쓴' 곳이라고 표현합니다. 모든 것이 변하고 오직 '그리던 하늘만이 높푸른' 곳이라고 말합니다. 정지용에게 고향이라는 장소는 그리움과 애틋함이 공존하는 곳이지요.

백석에게도 고향은 특별한 장소입니다. 〈고향〉이라는 시에서 시인은 고향을 떠나 북관에 혼자 앓아누워 있다가 한 의원에게 진료를 받습니다. 이야기를 나누다 보니 의원과 고향이 같다는 사실을 알게 되고, 그의 손길에서 따스함과 부드러움을 느낍니다. 고향을 느끼는 것이지요. 백석의 또 다른 시 〈여우난골족〉은 이런 고향의 따스함을 느끼게 해줍니다.

> 저녁술을 놓은 아이들은 외양간 옆 밭마당에 달린 배나무동산에서 쥐잡이를 하고, 숨바꼭질을 하고, 꼬리잡이를 하고, 가마 타고 시집가는 놀음, 말 타고 장가가는 놀음을 하고, 이렇게 밤이 어둡도록 북적하니 논다.
>
> 밤이 깊어가는 집 안엔 엄매는 엄매들끼리 아랫간에서들 웃고 이야기하고, 아이들은 아이들끼리 웃간 한 방을 잡고 공기놀이하고, 쌈방이 굴리고, 바리깨돌림 하고, 호박떼기 하고, 제비손이구손이 하고, 이렇

게 화디의 사기 등잔에 심지를 몇 번이나 돋우고, 홍계닭이 몇 번이나 울어서 졸음이 오면, 아랫목싸움 자리싸움을 하며 히드득거리다 잠이 든다. 그래서는 문창에 텅납새의 그림자가 치는 아침, 시누이 동서들이 욱적하니 흥성거리는 부엌으론, 샛문틈으로 장지문틈으로 무이징게국을 끓이는 맛있는 내음새가 올라오도록 잔다.

백석, 〈여우난골족〉 중에서

정지용과 마찬가지로 백석에게도 고향은 가난하지만 가족들과 함께 어우러져 흥성해지는 장소입니다. 그러나 고향이라는 장소를 잃어버린 이용악의 심정을 담은 시 〈낡은 집〉은 읽는 내내 마음을 아리게 합니다. '은동곳도 산호관자도 갖지 못한' 털보네 조상. 가난한 털보네가 아들을 낳은 후 마을 아낙네들은 '털보네는 또 아들을 봤다우 송아지래도 불었으면 팔아나 먹지' 하며 '차그운 이야기를 가을 냇물에 실어' 보냅니다. 털보네는 가난을 견디다 못해 집을 버리고 한밤중에 떠나버립니다. '북쪽을 향한 발자국'으로 미루어 보아 그들은 국경을 넘어 오랑캐령이나 아라사로 향했을 것입니다. 그들이 살았던 낡은 집.

지금은 아무도 살지 않는 집
마을서 흉집이라고 꺼리는 낡은 집
제철마다 먹음직한 열매
탐스럽게 열던 살구

살구나무도 글거리만 남았길래
꽃피는 철이 와도 가도 뒤울안에
꿀벌 하나 날아들지 않는다

이용악, 〈낡은 집〉 중에서

이용악은 〈그리움〉에서 '그리운 곳 차마 그리운 곳', '너를 남기고 온 곳'이라며 고향을 떠올립니다. 가난하여 떠나왔지만 끝내 잊을 수 없는, 그립고 그리운 고향을 떠올립니다.

누구에게나 고향은 따스하고 그리운 곳일 것입니다. 자기 삶의 아름다운 장소인 것이지요. 저 또한 그렇습니다. 나의 아름다운 기억이 오롯이 살아 있는 장소.

선생님의 아름다운 장소는 어떤 곳인가요? 애틋함과 그리움이 살아 있는 장소는 어디인가요?

공간과 장소

공간을 장소로 만들어주는 것은 '사람'인 것 같아요.
'그 사람'과 '그곳'에서 했던 '그것'이 기억으로 남아
나만의 장소가 되는 것이지요. 그래서 그곳에 가면
그날의 온도, 그날의 공기, 그날의 냄새까지 그대로 떠오르는 게 아닐까요?

〈백석 시의 장소성 연구〉가 제 석사 논문 제목이에요. 이 논문을 준비하면서 공간과 장소의 차이를 공부했어요. 표준국어대사전에 따르면 공간은 "아무것도 없는 빈 곳. 물리적으로나 심리적으로 널리 퍼져 있는 범위. 어떤 물질이나 물체가 존재할 수 있거나 어떤 일이 일어날 수 있는 자리."를 뜻하고, 장소는 "어떤 일이 이루어지거나 일어나는 곳."을 의미한다고 하네요. 여기에 이푸 투안과 에드워드 렐프의 논의를 보태면, 공간은 낯설고 추상적인 곳, 어디에나 존재하고 누구에게나 보이는 곳인 반면 장소는 어떤 개인이 의미와 가치를 부여하면서 만들어지는 구체적인 곳이라는 뜻이겠지요. 장소는 나에게만 존재하고 나에게만 보이는, 의미 있는 곳이라고도 말할 수 있겠네요.

이렇게 배우고 나니, 공간과 장소라는 말이 얼마나 다른지 알겠

더라고요. 공부라는 건 참 지겹고 힘든 일이지만, 세상을 좀 더 자세히, 다르게, 폭넓게 보게 해주기도 해요. 그 후 저는 저만의 장소를 만드는 취미가 생겼어요. 너무나 소중해서 저만 알고 싶지만, 선생님께만 살짝 알려드릴게요.

제가 서울에서 가장 좋아하는 곳은 덕수궁 돌담길이에요. 10월 초저녁 은행잎이 노랗게 익어갈 때, 곡선으로 이어진 돌담길을 따라 종로의 뒷골목까지 생각 없이 걷는 걸 좋아해요. 추상적인 서울을 나만의 서울로 만들어주는 곳이지요. 그곳이 제게 소중한 장소가 된 이유는 개인적인 서사가 녹아 있기 때문일 거예요. 스무 살에 친구들과 새해를 맞이한 곳이기도 하고, 분노에 찬 촛불을 들었던 곳이기도 하고, 좋아하는 사람과 정처 없이 걸었던 곳이기도 하니까요.

여수의 만성리 해수욕장도 빼놓을 수 없어요. 마래터널을 지나갈 때면 마치 시공간이 달라질 것만 같은 느낌이 들곤 해요. 지브리 애니메이션 〈센과 치히로의 행방불명〉 속 터널을 지나가는 느낌이랄까요?

전주와 구례는 제가 퇴직 후 살고 싶은 동네로 정해놓은 곳이에요. 두 곳 중 어디가 될지는 모르겠지만, 20년 후쯤을 기대하게 만드는 곳이지요.

그러고 보면 공간을 장소로 만들어주는 것은 '사람'인 것 같아요. '그 사람'과 '그곳'에서 했던 '그것'이 기억으로 남아 나만의 장소가 되는 것이지요. 그래서 그곳에 가면 그날의 온도, 그날의 공기, 그날의 냄새까지 그대로 떠오르는 게 아닐까요?

가난한 내가
아름다운 나타샤를 사랑해서
오늘 밤은 푹푹 눈이 내린다

나타샤를 사랑은 하고
눈은 푹푹 내리고
나는 혼자 쓸쓸히 앉아 소주를 마신다
소주를 마시며 생각한다
나타샤와 나는
눈이 푹푹 쌓이는 밤 흰 당나귀 타고
산골로 가자 출출이 우는 깊은 산골로 가 마가리에 살자

눈은 푹푹 내리고
나는 나타샤를 생각하고
나타샤가 아니 올 리 없다
언제 벌써 내 속에 고조곤히 와 이야기한다
산골로 가는 것은 세상한테 지는 것이 아니다
세상 같은 건 더러워 버리는 것이다

눈은 푹푹 내리고

아름다운 나타샤는 나를 사랑하고

어데서 흰 당나귀도 오늘 밤이 좋아서 응앙응앙 울을 것이다

백석, 〈나와 나타샤와 흰 당나귀〉

이 시의 화자는 나타샤에게 산골 오막살이에서 같이 살자고 합니다. 가난한 화자는 아름다운 나타샤를 제대로 사랑할 수 없어서 세상을 버리고 깊은 산골 오막살이로 가지만, 절대 세상한테 지는 것은 아니라고 호기롭게 말합니다. 바로 그 오막살이가 화자와 나타샤에게는 아름다운 장소일 테니까요. 사랑하는 사람이 있는 곳, 나타샤가 있는 그곳이 가장 아름다운 장소일 테니까요.

많은 사람들이 고향을 자신만의 아름다운 장소로 꼽을 것입니다. 하지만 서울에서 태어난 저는, 고향이라 할 만한 곳이 없어요. 차마 꿈에서도 잊히지 않는 곳, 아버지와 아버지의 친구도 다 있는 곳, 즐거운 유년 시절을 보낸 곳, 가난으로 내쫓기게 된 슬픈 내력이 있는 곳. 그런 모습의 고향은 딱히 떠오르지 않아요.

1980년에 태어난 저는 그 시절 서울에서 태어난 대부분의 사람들이 그랬듯이 여기저기 주택을 전전하며 살다가 아파트로 이사를 했어요. 저는 이사를 많이 하지는 않았어요. 제가 기억하는 최초의 거주지는 건대 입구 근처의 주택이었어요. 그곳에서의 기억이 많지는 않은데, 대여섯 살 때 압정을 가지고 놀다가 몇 개를 흘렸었는지 동생이 그 압정을 밟아서 울었던 기억, 엄마가 백설공주 동화책을 읽어주었던 기억, 정전이 된 날 촛불을 켜놓았던 기억 정도가

떠오르네요. 아, 한 가지 더 있어요. 이사를 앞두고 애지중지 모아 놨던 종이 인형들을 쓰레기통에 쏟아부었던 기억. 그 기억은 저에게 최초의 상실로 남아 있어요. 어디론가 떠나려면 지금 내가 가진 것을 모두 가져갈 수 없구나. 그걸 꽤 어린 나이에 처음 깨달았던 것 같아요. 그 뒤로 서너 번의 이사를 거치며 학창 시절을 보냈고, 20여 년 전 이곳 노원구로 이사를 왔어요. 그때부터는 쭉 이곳에서 살고 있지요.

며칠 전, 예전에 살던 그곳에 가보았어요. 이 편지를 쓰기 위해서요. 너무나 당연하게도 많은 것들이 변해 있었지요. 물론 변하지 않은 것도 있어서, 실은 그게 더 놀라웠어요. 시간이 흘러도 변하지 않는 것이 있다는 그 사실이. 그리고 안도감을 주기도 했고요. 나를 포함한 모든 게 변하더라도 끝내 변하지 않는 몇 가지는 있었으면 좋겠다는 그 바람을 확인한 것 같아서요.

지금은 안 계신 아빠와 같이 청소했던 쓰레기통, 우리 집이 가난하다는 사실을 매일 확인시켜 줬던 단칸방, 첫사랑이 살던 2층 단독주택, 독서실 승합차를 타고 내리면 골목길 앞에서 기다리고 있던 아빠의 그림자, 마늘쫑무침을 머리에 이고 팔던 반찬 아줌마의 독특한 목소리, 동네 친구들과 매일 고무줄놀이를 했던 공터…….

야만의 시대이면서 낭만의 시대였던 1986년부터 1999년까지의 저의 어린 시절이 고스란히 담겨 있는 그 동네를 어쩐지 다시 마주하고 싶지 않았었어요. 마흔을 훌쩍 넘긴 지금도 기쁨보다 슬픔이 더 컸던 그때를 마주한다는 것에 용기가 나지 않았던 것 같아요.

그런데 변하지 않는 사실이 하나 있더라고요. 그때의 나도 나의 일부라는 사실이요. 너무 어려서 세상의 폭력 앞에 무력할 수밖에 없던 가여운 어린 시절의 나를 마주하고서 꼭 안아주고 싶었어요. 잘 견뎠고, 씩씩하게 잘 자랐다고. 그래서 지금 이렇게 괜찮은 어른으로 자랐다고. 괜찮은 어른이 되기 위해 노력할 줄 아는 사람이 되었다고. 그때의 나에게 고맙다고 말하고 싶었어요.

고향이라 할 만한 곳이 없다고 했는데, 이야기하다 보니 저의 온기억이 담겨 있는, 시간을 쏟아부은 그 모든 곳이 다 저의 고향이었네요. 나만의 아름다운 장소이기도 하고요. 장소는 어쩌면 공간이 아니라 시간이라는 생각이 문득 들어요. 공간에 시간이 묻어 있지 않으면 장소가 되지 않는 것 같아요. 시간과 사람이 있어야 비로소 아름다운 장소가 되나 봐요.

봄날의 기억

살랑거리는 바람이 가슴을 휘젓는 봄날에 시인들은
봄의 환희보다 봄의 슬픔에 더 민감합니다.
화무십일홍처럼 아름다운 봄날보다는
떠나버릴 봄날을 더 기억해서 그런가 봅니다.

구례를 다녀왔습니다. 앞쪽으로는 지리산 서쪽 주 능선이 시작하는 노고단이 보이고, 뒤쪽으로는 백운산이 자리 잡은 곳. 임실, 순창, 남원, 곡성을 지나온 물이 이제 제대로 섬진강이 되어 흐르는 곳. 지리산 자락 물길을 만나 의연한 강물이 되어 흐르는 곳. 윗녘에는 산수유가 피고, 아랫녘에는 매화가 피는 동네. 이 동네를 해마다 2월 말이나 3월 초쯤에 찾습니다. 봄을 맞이하기 위해.

한반도의 봄은 제주도에서 가장 먼저 시작될 테고, 섬진강 하류의 하동이나 남해에 가면 구례에서보다 더 빨리 봄을 만날 수도 있겠지요. 하지만 저는 늘 이곳에서 봄을 맞이합니다. 흐드러진 매화와 산수유를 보고 있으면 봄을 닮은 사람이 되는 것 같거든요.

인간에게 봄이란 그저 시간의 흐름에 따라 자연히 오는 것이겠지요. 겨울이라는 시간이 지나고 나면 오는 봄. 하지만 제 가슴에

봄은 시간으로 오지 않고 꽃으로 옵니다. 매화가 피어야만 봄이 옵니다. 이육사도 그랬나 봅니다. 그는 〈광야〉에서 '지금 눈 나리고 매화 향기 홀로 아득하니 내 여기 가난한 노래의 씨를 뿌려라' 라고 노래했습니다. 매화가 핀 그때부터 이육사의 봄이 시작된 것이지요. 매화 향기 홀로 아득한 이 시간, 봄을 예감한 이육사는 희망의 씨앗을 뿌립니다. 봄을 그렇게 맞이한 것이지요.

이육사뿐만 아니라 많은 시인에게 봄은 특별한 시간이었나 봅니다. 특히 김영랑 시인의 봄은 맑고 싱그럽고 아립니다.

돌담에 속삭이는 햇발같이
풀 아래 웃음 짓는 샘물같이
내 마음 고요히 고운 봄길 위에
오늘 하루 하늘을 우러르고 싶다

새악시 볼에 떠오는 부끄럼같이
시의 가슴을 살포시 젖는 물결같이
보드레한 에메랄드 얇게 흐르는
실비단 하늘을 바라보고 싶다

김영랑, 〈돌담에 속삭이는 햇발〉

이 시만큼 봄날의 싱그러움을 잘 표현한 시도 없을 겁니다. 화자는 싱그러운 봄길을 걸으며 하늘을 우러르고 싶어 합니다. 봄날의 햇발, 샘물, 새악시의 부끄러움 같은 시어는 봄날의 맑고 고운 모습을 아주 잘 드러냅니다. 이런 아름다운 봄이 지나가는 안타까움을 시인은 〈모란이 피기까지는〉에서 잘 보여줍니다. 이육사에게 매화가 봄이었다면, 김영랑에게는 모란이 봄이었나 봅니다. 그는 시에서 '모란이 피기까지는 나는 아직 나의 봄을 기다리고 있을 테요'라고 말합니다. 그러나 다른 꽃에 비해 피어 있는 시간이 짧은 모란은 5월의 어느 날쯤 자취도 없이 사라집니다. 맑고 고왔던 봄날이 이렇게 가는 것이지요. 아름다운 봄날도 모란처럼 어느새 사라지는 것이지요. 그래서 시인은 '찬란한 슬픔의 봄'이라는 표현으로 이 봄날을 가슴이 아리게 이야기합니다.

한편, 김소월에게 봄은 금잔디로 옵니다.

잔디,
잔디,
금잔디,
심심산천에 붙는 불은
가신 임 무덤가에 금잔디.
봄이 왔네, 봄빛이 왔네.
버드나무 끝에도 실가지에.
봄빛이 왔네, 봄날이 왔네,
심심산천에도 금잔디에.

김소월, 〈금잔디〉

김소월은 금잔디가 피고 버드나무 실가지에 물이 오르면 봄을 느꼈나 봅니다. 그런데 그 금잔디는 가신 임 무덤가에 피어 있습니다. 그래서인지 김소월의 봄은 다른 시인들보다 더 슬픕니다. 〈실버들〉에서는 '실버들을 천만사 늘어놓고도 가는 봄을 잡지도 못한단 말인가', '이내 몸이 아무리 아쉽다기로 돌아서는 님이야 어이 잡으랴'라고 말합니다. 또 〈진달래꽃〉에서는 가는 임에게 '영변에 약산 진달래꽃 아름 따다 가실 길에 뿌리오리다'라고 합니다. 이렇듯 김소월에게 봄이란 슬픈 계절입니다.

당신은 무슨 일로
그리합니까?
홀로이 개여울에 주저앉아서

파릇한 풀포기가
돋아 나오고
잔물은 봄바람에 헤적일 때에

가도 아주 가지는
않노라시던
그러한 약속이 있었겠지요

날마다 개여울에

나와 앉아서
하염없이 무엇을 생각합니다

가도 아주 가지는
않노라심은
굳이 잊지 말라는 부탁인지요

김소월, 〈개여울〉

임을 잡지도 못하고 개여울에 주저앉아 떠나간 임을 그리워하는 것이지요. '파릇한 풀포기가 돋아 나오고 잔물은 봄바람에 헤적일 때에' 그는 떠나간 임을 잊지 못해 하염없이 기다리는 것이지요. 기약 없는 임을 기약 없이 기다리지요. 이 화창한 봄날에.

김소월만 슬픔의 봄을 맞이한 것이 아닙니다. 한용운도 마찬가지입니다. 그는 〈해당화〉에서 봄이 오기 전에, 해당화가 피기 전에 돌아오기로 한 당신을 기다립니다. 그러나 안타깝게도 당신은 돌아오지 않습니다. '철모르는 아이들은 뒷동산에 해당화가 피었다고 다투어 말하기로 듣고도 못 들은 체' 합니다. 해당화가 피었는데도, 봄이 왔는데도 돌아오지 않는 당신을 그리며 화자는 눈물짓습니다.

꽃이 피고, 따스한 햇살이 온몸을 휘감고, 살랑거리는 바람이 가슴을 휘젓는 봄날에 시인들은 봄의 환희보다 봄의 슬픔에 더 민감합니다. 화무십일홍처럼 아름다운 봄날보다는 떠나버릴 봄날을 더 기억해서 그런가 봅니다. 시간이 지나면 또다시 아름다움을 잃어야만 하는 봄날의 역설이 안타까웠나 봅니다. 그래서 김수영은 〈봄밤〉에서 봄날이 다 지나간다고 해서 '결코 서둘지 말라'고 합니다. 봄날, 이 아름다운 꽃도 다 지니, 업적을 바라지 말라고 합니다. 청춘 같은 봄이 지나간다고 당황하지 말라고 합니다.

구례의 매화로 저에게도 봄이 왔습니다. 저도 봄입니다. 꽃 피는 봄. 새로 피어나기 좋은 봄. 실버들을 천만사 늘어놓아도 잡을 수 없는 봄이지만, 모란을 기다리는 마음으로 봄을 보내야겠습니다. 이 봄날 또한 저에게 슬픔을 선물한다 할지라도, 맞이해야겠습니다. 다시 봄날이어야겠습니다.

맛있는 봄

제철 음식이라는 말이 점점 사라지는 것 같아 아쉽기도 해요.
비닐하우스며 냉동창고 같은 농작물의 재배 기술과 보관 기술이 발전하면서
인간의 입은 편해졌지만, 간절하게 기다려 먹는
그 심리적 갈증 해소의 느낌은 그만큼 사라진 것 같아요.

저에게도 봄은 매화예요. 광양에 핀 매화를 보고 오면 그때부터 봄이 시작되는 것이지요. 매화 향을 처음 맡았던 때를 잊지 못해요. 아, 이 향이 매화 향이구나. 그리고 당연하게도 뒤이어 이 시가 떠올랐어요.

까마득한 날에
하늘이 처음 열리고
어데 닭 우는 소리 들렸으랴

모든 산맥들이
바다를 연모해 휘달릴 때도
차마 이곳을 범하든 못 하였으리라

끊임없는 광음을
부지런한 계절이 피어선 지고
큰 강물이 비로소 길을 열었다

지금 눈 나리고
매화 향기 홀로 아득하니
내 여기 가난한 노래의 씨를 뿌려라

다시 천고의 뒤에
백마 타고 오는 초인이 있어
이 광야에서 목 놓아 부르게 하리라

이육사, 〈광야〉

'매화 향기 홀로 아득하니'라는 이 구절이요. 아득한 매화 향이라는 게 어떤 건지, 맡아 보니 바로 알겠더라고요. 그리고 봄을 가장 먼저 알려주는 매화는 참 외롭고 힘들겠구나, 그런 생각도 했어요. 어떤 일에 앞장선다는 건 힘들고 어려운 일이니까요.

저에게 또 다른 봄은 새조개, 주꾸미, 연둣빛 두릅 같은 봄에만 먹을 수 있는 제철 음식이에요. 물론 새조개는 겨울에 먹는 음식이지만, 어쩐지 저는 2월에 꼭 여수에서만 먹게 돼요. 아마 첫 시작을 그렇게 해서인가 봐요. 그래서 2월이 되어 달큰하면서도 부드러운 새조개를 먹고 나면 '아, 이제 봄이구나.'라고 생각해요.

예전에는 딸기를 늦봄에 먹었다면서요? 요즘은 11월부터 딸기가 나와서 대표적인 겨울 과일이 되었어요. 딸기를 좋아하는 저로서는 11월부터 6월까지 내내 딸기를 먹을 수 있어 즐겁지만, 한편으로는 어쩐지 그 시기를 대표하는 음식들, 제철 음식이라는 말이 점점 사라지는 것 같아 아쉽기도 해요. 비닐하우스며 냉동창고 같은 농작물의 재배 기술과 보관 기술이 발전하면서 인간의 입은 편해졌지만, 간절하게 기다려 먹는 그 심리적 갈증 해소의 느낌은 그만큼 사라진 것 같아요.

낡은 나조반에 흰밥도 가자미도 나도 나와 앉아서
쓸쓸한 저녁을 맞는다

흰밥과 가자미와 나는
우리들은 그 무슨 이야기라도 다 할 것 같다
우리들은 서로 미덥고 정답고 그리고 서로 좋구나

우리들은 맑은 물밑 해정한 모래톱에서 하고많은 날을 모래알만 헤이며 잔뼈가 굵은 탓이다
바람 좋은 한 벌판에서 물닭이 소리를 들으며 단이슬 먹고 나이 들은 탓이다
외딴 산골에서 소리개 소리 배우며 다람쥐 동무하고 자라난 탓이다

우리들은 모두 욕심이 없어 희어졌다
착하디착해서 세괏은 가시 하나 손아귀 하나 없다
너무나 정갈해서 이렇게 파리했다

우리들은 가난해도 서럽지 않다
우리들은 외로워할 까닭도 없다
그리고 누구 하나 부럽지도 않다

흰밥과 가자미와 나는
우리들이 같이 있으면
세상 같은 건 밖에 나도 좋을 것 같다

백석, 〈선우사 – 함주시초 4〉

배고프지 않아도 밥을 먹고 싶게 만드는 시. 읽으면서 살포시 웃게 되는 시. 맛있는 음식은 우리를 한없이 기쁘게 합니다. 백석이 먹었을 가자미는 제철 음식이었겠지요? 가자미를 먹으며 가난해도 서럽지 않고 누구 하나 부럽지도 않았던 미식가 백석이 그리워집니다.

백석은 음식에 관한 시를 많이 썼어요. '슴슴한 맛'이라는 표현을 널리 알려준 〈국수〉, 메밀국수 먹으며 소수림왕과 광개토대왕까지 떠올린 〈북신 – 서행시초 2〉, 인절미와 송기떡과 콩가루찰떡 같은 명절 음식을 나열한 〈여우난골족〉까지. 음식은 우리의 삶과 가장 직접적으로 연결되어 있고, 가장 원초적인 즐거움을 느낄 수 있는 존재여서 그랬을 거예요. 이 글을 쓰고 나니 배가 고프네요. 저도 얼른 밥을 먹어야겠어요.

언어의 힘

표준어를 못 배워서가 아니라 감정을 잘 담아내기 위해 어릴 때부터 써온,
그래서 가장 익숙한 자기의 언어를 쓰는 것이지요.
결국 표준어냐 사투리냐의 문제가 아니라, 어떤 말이 자신을
잘 드러낼 수 있는지를 판단하여 제대로 표현하는 게 중요합니다.

한때 저는 제가 표준어를 잘 쓴다고 생각했습니다. 저의 고향인 전주는 말의 억양이 심하지 않습니다. 그래서 '덥당께', '춥당께' 같은 말만 안 쓰면 표준어를 쓰는 줄 알았습니다. 그러다 다른 지역 국어 선생님들을 만나면서 제가 참 구수하게 전라도 사투리를 쓴다는 걸 알게 되었어요. 꽤 심한 사투리를 쓰던 경상도 국어 선생님 못지않게요. 그러면서 저의 '그러지요잉'이 표준어 못지않게 설득력이 있다는 것도 알았습니다.

언어는, 특히 말은 감정을 담아 전할 때 제대로 의사소통이 됩니다. 이 감정을 담는 데 표준어보다 오히려 사투리가 더 나을 때도 있다는 것을 나이를 먹으며 배웠습니다. 할머니, 할아버지들이 사투리를 많이 쓰시는 데는 이런 이유도 있지 않을까 생각합니다. 표준어를 못 배워서가 아니라 감정을 잘 담아내기 위해 어릴 때부터

써온, 그래서 가장 익숙한 자기의 언어를 쓰는 것이지요. 결국 표준어냐 사투리냐의 문제가 아니라, 어떤 말이 자신을 잘 드러낼 수 있는지를 판단하여 제대로 표현하는 게 중요합니다.

시 또한 마찬가지입니다. 어떤 언어를 써야 시의 정서를 잘 드러낼 수 있는지 시인들은 늘 고민할 것입니다. 표준어를 쓰면 보편적인 소통에 좋을 것입니다. 그러나 어떤 특정한 지역의 정서를 담은 시라면 그 지역의 언어로 표현하는 것이 시의 깊이를 더하는 데 도움이 될 수도 있습니다. 그러니 꼭 표준어로만 시를 쓰는 것이 반드시 좋은 것만은 아닐 것입니다.

백석이 그렇습니다. 백석은 자신의 고향인 평안북도의 정서를 잘 표현한 시인입니다. 그래서 고향의 정서를 표현한 시에서는 평안북도 사투리를 그대로 살려 썼습니다. 이 때문에 그 당시 문단에서는 '시골 촌구석 시'라는 비판을 받기도 했지만, 만약 이 〈국수〉라는 시를 표준어로 썼다면 시의 맛이 훨씬 떨어졌을 수도 있었겠다는 생각이 듭니다.

눈이 많이 와서
산엣새가 벌로 내려 메기고
눈구덩이에 토끼가 더러 빠지기도 하면
마을에는 그 무슨 반가운 것이 오는가 보다
한가한 아동들은 어둡도록 꿩 사냥을 하고
가난한 엄매는 밤중에 김치가재미로 가고

마을은 구수한 즐거움에 싸서 은근하니 흥성흥성 들뜨게 하며
이것은 오는 것이다

이것은 어느 양지귀 혹은 응달쪽 외따른 산 옆 은댕이 예데가리밭에서
하룻밤 뽀오얀 흰 김 속에 접시귀 소기름 불이 뿌우연 부엌에
산멍에 같은 분틀을 타고 오는 것이다

이것은 아득한 옛날 한가하고 즐겁던 세월로부터
실 같은 봄비 속을 타는 듯한 여름볕 속을 지나서 들쿠레한 구시월 갈바람 속을 지나서
대대로 나며 죽으며 죽으며 나며 하는 이 마을 사람들의 의젓한 마음을 지나서 텁텁한 꿈을 지나서
지붕에 마당에 우물둔덕에 함박눈이 푹푹 쌓이는 여느 하룻밤
아배 앞에 그 어린 아들 앞에 아배 앞에는 왕사발에 아들 앞에는 새끼사발에 그득히 사리어 오는 것이다.
이것은 그 곰의 잔등에 업혀서 길여났다는 먼 옛적 큰마니가
또 그 짚등색이에 서서 재채기를 하면 산 너머 마을까지 들렸다는
먼 옛적 큰아바지가 오는 것같이 오는 것이다

아, 이 반가운 것은 무엇인가
이 희스무레하고 부드럽고 수수하고 슴슴한 것은 무엇인가
겨울밤 쩡하니 익은 동치미국을 좋아하고 얼얼한 고춧가루를 좋아하고 싱싱한 산꿩의 고기를 좋아하고

그리고 담배 내음새 탄수 내음새 또 수육을 삶는 육수국 내음새 자욱한 더북한 삿방 쩔쩔 끓는 아랫목을 좋아하는 이것은 무엇인가

이 조용한 마을과 이 마을의 의젓한 사람들과 살틀하니 친한 것은 무엇인가

이 그지없이 고담하고 소박한 것은 무엇인가

백석, 〈국수〉

눈이 많이 온 날, 산엣새(산에 사는 새)가 벌판으로 내려와 메깁니다(울음소리를 냅니다). 이런 날 국수를 그 고장의 명물인 김치가재미와 함께 먹습니다. 이 국수는 지금으로 따지면 메밀냉면입니다. 메밀은 은댕이(언저리, 귀퉁이) 예데가리밭(오래 묵은 비탈밭)에서 자랍니다. 이 메밀을 산멍에(이무기) 같은 분틀로 국수를 뽑아냅니다. 메밀국수는 봄과 여름을 지나고, 들쿠레한(들큼하면서 구수한) 갈바람 속을 지나서 이 겨울 함박눈이 푹푹 쌓이는 날 저녁에 큰마니(할머니) 큰아바지(할아버지)처럼 옵니다. 희스무레하고 부드럽고 수수하고 슴슴한 이 국수를 삿방(삿자리를 깐 방) 쩔쩔 끓는 아랫목에서 먹습니다. 고담하고 소박한 국수는 이 마을의 의젓한 사람들과 살틀하니(아끼고 위하는 마음이 지극하게) 친합니다. 자주 먹는다는 이야기겠지요. 사투리가 아니라 표준어로 썼어도 멋있는 시였겠지만 평안도 사투리의 구수함이 있어 더 맛있는 시가 되었습니다.

이렇게 사투리로 시의 맛을 살린 또 다른 시인은 김영랑입니다. '오—매 단풍 들겄네'를 '어—머 단풍 들겠네'로 썼다면 그저 수많은 가을 시 중 하나로 남았을 것입니다. 김영랑은 자신의 정서를 잘 표현할 수 있는 전라도 사투리를 기묘하게 잘 사용한 시인입니다. 〈끝없는 강물이 흐르네〉에는 '도쳐오르는(돋아 오르는) 아침 날빛', '은결을 도도네(돋우네)', '마음이 도른도른(도란도란)' 같은 표현을 썼습니다. 〈가늘한 내음〉에서는 '애끈히(안타깝고 애달프게) 떠도는 내음(냄새)', '산허리에 슬리는(어리는)', '훗근한(후끈한) 내음', '서어한(서먹서먹하여 탐탁지 못한) 가슴' 등 전라도 사투리 단어를 잘 활용하여 시의 맛을 더합니다.

서울에서 태어나 서울에서만 생활하신 선생님은 이런 사투리가 사용된 시를 보면 어떤 느낌이 드시나요? 저는 어떤 놀라운 상황이나 아름다운 것들을 볼 때 저도 모르게 사투리가 나옵니다. 그냥 드러나는 것이지요. "워매, 징허네잉."

단어의 맛

단어에는 맛이 있어요. 모양도 있고요.
어떤 단어는 예쁘고, 어떤 단어는 뾰족해요.
어떤 단어는 여유를 주고, 어떤 단어는 그냥 싱싱해요.
같은 말도 표준어와 사투리의 맛이 달라요. 단어마다 고유의 맛이 있어요.

사투리를 많이 안 쓰신다는 선생님의 편지를 읽고 엄마가 떠올랐어요. 엄마도 본인이 사투리를 많이 안 쓴다고 말씀하세요. 영암이 고향인 엄마 또한 선생님처럼 표준어 같은 사투리를 쓰시지요.

저는 사투리를 쓰는 사람을 만나면 이유 없이 애정이 생겨요. 제가 가지지 못한 것을 가진 사람에 대한 동경인 것 같아요. 말을 듣는 맛이 있다고 할까요. 마치 노래 같은 가락이 느껴지거든요. 물론 표준어를 사용하는 게 보편적인 의사소통에는 용이하겠지만, 정확한 느낌을 표현하는 데는 사투리가 제격이에요. 예를 들어 '맞아'라는 말을 '맞당께', '맞지라', '맞구만요' 등 자기의 감정 언어로 쓰면 더 와닿는 것 같아요. 그래서 자신의 감정을 자기 언어로 표현하는 사람을 보면 그 사람의 언어 속으로 빠져들어요.

단어에는 맛이 있어요. 모양도 있고요. 어떤 단어는 예쁘고, 어떤 단어는 뾰족해요. 어떤 단어는 여유를 주고, 어떤 단어는 그냥 싱싱해요. 같은 말도 표준어와 사투리의 맛이 달라요. 단어마다 고유의 맛이 있어요.

제가 맛도 모르면서 좋아하는 술이 있어요. 하이볼이요. 하이볼이 메뉴에 있으면 전 무조건 주문해요. '하이볼'이라고 발음할 때, 기분이 좋아지거든요. 맛과 모양은 둘째치고, '하이볼'이라고 말하고 싶어서 하이볼을 주문해요. '하이볼'이라고 말하면 입안이 상쾌해지는 느낌, 동그래지는 느낌이 들어요. 그 느낌이 좋아서 하이볼이 좋아요.

군산, 익산은 무거운 느낌이에요. 산이 있어서 무거운가 싶었는데, 부산은 또 그렇게 무거운 느낌은 아니에요. 그래서 저는 익산보다는 이리, 이리보다는 솜리라는 간판이 적혀 있을 때 익산이 더 예뻐 보여요. 전주, 광주도 그래요. 전주보다는 온고을이, 광주보다는 빛고을이 예쁘고 직관적이에요. 그런 면에서 '달빛고속도로'를 버리고 '광대고속도로'를 택한 아쉬움은 여기에 분명히 지적해두어야겠어요.

코로나19 팬데믹 때문에 갑작스레 유행하게 된 말이 있지요. 거리 두기. '거리 두기'라는 말은 받침이 없기 때문인지 발음이 쉬우면서, 앞뒤의 기역 때문인지 단단한 느낌도 들어요. 쉬우면서도 단호한 말. 양팔 간격 좌우로 나란히 만큼의 간격을 두어야 할 것 같은, 한 걸음 뒤로 물러서게 하는 말. 거리 두기.

산에는 꽃 피네
꽃이 피네
갈 봄 여름 없이
꽃이 피네

산에
산에
피는 꽃은
저만치 혼자서 피어 있네

산에서 우는 작은 새여
꽃이 좋아
산에서
사노라네

산에는 꽃 지네
꽃이 지네
갈 봄 여름 없이
꽃이 지네

김소월, 〈산유화〉

산에 올라가 보면 갈 봄 여름 없이 꽃은 피고 집니다. 그게 자연의 순리겠지요. 외따로이, 저만치 혼자서 피어 있는 꽃은 얼마나 외로울까요. 아니, 어쩌면 꽃을 피워내느라 외로울 겨를도 없었을지 모르겠어요. 어쩌면 작은 새도 같이 있었으니 외롭지 않았을지도 모르겠습니다. 그런데 시의 화자가 미처 다가가기도 전에 꽃은 져버리고 말았네요. 그것 역시 갈 봄 여름 없이 꽃이 피었다 지고 마는 자연의 순리 가운데 일부분이겠지요.

인간은 모두 '저만치' 정도의 거리를 둔 채 혼자 꽃을 피웠다가 결국 지고 마는 존재라는 생각을 해봅니다. 자아에 대한 거리 두기, 혹은 타인에 대한 거리 두기 모두 포함이 되겠네요. 이 거리 두기와 비슷한 말이 '사이'라는 말일 거예요. 사이를 두는 것. 사이가 있어야 숨을 쉴 수 있습니다. 그 사이가 없으면 바람조차 불 수 없지요.

단어의 맛을 이야기하다가 여기까지 왔네요. 거리 두기는 필요한 말이에요. 요즘과 같은 상황에는 더욱 그렇지요. 거리 두기. 사이. 저는 인간관계를 어려워하고 상처도 많이 받는 성향이라 관계에 대해, 그 관계 속에 놓인 저에 대해 생각을 많이 했어요. 그리고 이런 결론에 이르렀습니다. 인간에게는 손 뻗으면 닿을 만큼의 거리가 필요하다고요. 너무 가까우면 속마음까지 들켜버려 상처를 받고, 너무 멀면 상대가 넘어질 때 잡아줄 수 없으니까요. 넘어질 것 같을 때 손잡아 줄 수 있는 거리, 딱 그만큼의 거리와 그만큼의 사이가 필요하다고 생각했어요. 그래야 그 거리로, 그 사이로 세상을 볼 수 있으니까요.

슬픔의 힘

기쁨과 사랑만이 나를 키우는 것 같지만,

슬픔도 나를 키웁니다.

나의 슬픔을 공감하고 위로해 주는 그 누군가가 있으면

슬픔은 기쁨보다도, 사랑보다도 더 크게 나를 키웁니다.

거리 두기와 사이에 관한 이야기, 잘 읽었습니다. 선생님의 '사이'에는 어떤 감정들이 오고 가나요? 문득 궁금해집니다. 어떤 세상의 감정을 만나시는지.

살면서 가장 힘이 되는 감정은 무엇일까 생각해 보았습니다. 저는 희로애락, 사람이 느끼는 이 네 가지 감정 가운데 '슬픔'이 아닐까 합니다. 선생님은 슬픔을 공부하고 계시니, 저보다 더 슬픔에 대해 잘 아시겠네요. 제 슬픔에 관한 이야기를 하나 해볼게요.

슬픔에 대한 저의 첫 기억은 형의 죽음입니다. 여섯 살이었을 겁니다. 살풋 잠들었던 나를 깨우는 손길. 초겨울 저녁 어스름보다 더 무거운 방 안의 공기. 어머니가 제게 조용히 옷을 입히시는 동안, 저는 그 분위기에 눌려 울지도 못했지요. 작은아버지에게 업혀 아무 말도 없이, 기차역까지 어둑한 시오리 길을 걸어 서울행 기차를 탔습니다. 생전 처음 타보는 기차인데, 여섯 살배기는 창밖 어둠만 내내 바라보며 서울에 도착했습니다.

서울에서도 침묵은 계속됐습니다. 업혀 있던 제가 고개를 돌려 어머니를 보니, 어머니는 발만 걸어오고 있었습니다. 얼이 빠진 사람이 다리만 움직여 걸어오고 있었습니다.

이 침묵이 깨진 것은 아주 큰 철문 앞이었습니다. 철문을 부여잡고 우시는 어머니. 여섯 살배기가 보아도 너무나 처절한 울음. 울음은 아주 길게 늘어졌습니다. 아버지가 보자기로 싼 항아리를 들고나오면서 울음은 둘이 되고 셋이 되었습니다. 생전 처음 본 아버지의 울음. 소리가 되지 못한 울음은 소리치는 울음보다 더 슬펐습니다.

유리에 차고 슬픈 것이 어른거린다.
열없이 붙어 서서 입김을 흐리우니
길들은 양 언 날개를 파다거린다.
지우고 보고 지우고 보아도
새까만 밤이 밀려 나가고 밀려와 부딪히고,
물 먹은 별이, 반짝, 보석처럼 박힌다.
밤에 홀로 유리를 닦는 것은
외로운 황홀한 심사이어니,
고운 폐혈관이 찢어진 채로
아아, 늬는 산새처럼 날아갔구나!

정지용, 〈유리창 1〉

이 시를 처음 읽으며 저는 산새처럼 날아간, 저보다 열여섯 살 더 많은 형을 보았습니다. 밤에 홀로 유리를 닦는 어머니와 아버지를 만났습니다. 시 속의 아이는 폐혈관이 찢어지는 병으로 세상을 떠났고, 우리 형은 냄새도 없이 들어온 연탄가스 때문에 세상을 떠났습니다. 그때 저는 죽음이라는 부재에서 오는 슬픔을 보았습니다.

부재. 죽음은 다시 되돌릴 수 없는 부재입니다. 부재는 슬픔을 만듭니다. 저에게 처음 다가온 슬픔은 바로 부재에서 오는 슬픔이었습니다. 형을 묻고 집으로 돌아와서도 곡기를 끊고 내내 울던 어머니. 그 어머니 품에서 같이 울면서 부재는 이토록 슬프다는 것을 배웠습니다. 그리고 나이를 먹어가면서 가난이라는 돈의 부재에서 오는 슬픔도 맛봤고, 사랑하는 사람과 헤어지는 사랑의 부재에서 오는 슬픔도 배우게 되었습니다.

그러다 슬픔이 슬픔으로 끝나지 않는 세상을 알았습니다. 타인의 슬픔을 공감하는 슬픔. 그 공감의 슬픔이 세상을 키우는 힘이라는 것을 알았습니다. 공감은 타인의 슬픔을 같이하는 것이라는 걸 알았습니다. 그 슬픔이, 그 공감이 세상을 깊게 한다는 것을 말입니다.

차디찬 아침인데
묘향산행 승합자동차는 텅하니 비어서
나이 어린 계집아이 하나가 오른다
옛말속같이 진진초록 새 저고리를 입고

손잔등이 밭고랑처럼 몹시도 터졌다
계집아이는 자성으로 간다고 하는데
자성은 예서 삼백오십 리 묘향산 백오십 리
묘향산 어디메서 삼촌이 산다고 한다
쌔하얗게 얼은 자동차 유리창 밖에
내지인 주재소장 같은 어른과 어린아이 둘이 내임을 낸다
계집아이는 운다 느끼며 운다
텅 비인 차 안 한구석에서 어느 한 사람도 눈을 씻는다
계집아이는 몇 해고 내지인 주재소장 집에서
밥을 짓고 걸레를 치고 아이보개를 하면서
이렇게 추운 아침에도 손이 꽁꽁 얼어서
찬물에 걸레를 쳤을 것이다

백석, 〈팔원 - 서행시초 3〉

이 시의 화자인 '어느 한 사람'의 눈물과 슬픔이 세상을 깊게 합니다. 어린 계집아이의 슬픔에 공감하는 한 사람이 있어 이 시의 슬픔은 슬픔을 넘어 힘을 갖게 됩니다. 슬프지만 같이 울어주는 사람이 있을 때, 그 슬픔은 견뎌낼 수 있는 것이 됩니다. 기쁨과 사랑만이 나를 키우는 것 같지만, 슬픔도 나를 키웁니다. 나의 슬픔을 공감하고 위로해 주는 그 누군가가 있으면 슬픔은 기쁨보다도, 사랑보다도 더 크게 나를 키웁니다. 나 또한 다른 사람의 슬픔을 공감하고 위로할 수 있을 때 성장합니다. 그게 슬픔의 힘일 것입니다.

사람은
언제 슬플까요?

시간이 슬픔을 해결해 준다고들 말합니다. 그 말대로 시간이 흐르면
아픔도, 외로움도, 슬픔도 조금씩 옅어지는 것 같기도 해요.
그래서 저는 궁금했어요. 시간은 인간의 감정을 무디게 하는 만병통치약일까?
시간의 어떤 특성 때문일까? 나의 슬픔도 시간이 지나면 괜찮아지는 걸까?

여섯 살은 죽음을 이해하기에는 너무 어린 나이지요. 고작 여섯 살인데 그 어린아이가 감당하기에는 너무 큰 상처였을 테고, 그래서 지금까지 또렷이 기억하고 있는 것이겠죠. 그러고 보니 가족의 죽음을 감당할 수 있는 나이라는 게 존재하긴 할까요?

아빠의 부재 이후 죽음에 대해, 그리고 슬픔에 대해, 자주 생각합니다. 사람은 언제 슬플까요? 가까운 사람이 곁에 없을 때, 보고 싶은데 볼 수 없을 때 슬픕니다. 또 수치심을 느낄 때 슬픕니다. 희망이 없을 때도 슬픕니다. '왜 살지? 왜 살아야 하지?'라는 생각이 들 때도 슬픕니다.

남에게 희생을 당할 만한
충분한 각오를 가진 사람만이

살인을 한다.

그러나 우산대로
여편네를 때려눕혔을 때
우리들의 옆에서는
어린놈이 울었고
비 오는 거리에는
40명가량의 취객들이
모여들었고
집에 돌아와서
제일 마음에 꺼리는 것이
아는 사람이
이 캄캄한 범행의 현장을
보았는가 하는 일이었다
—아니 그보다도 먼저
아까운 것이
지우산을 현장에 버리고 온 일이었다.

김수영, 〈죄와 벌〉

이 시의 화자는 우산대로 아내를 때립니다. 그리고 집에 돌아와서는 아내를 걱정하기보다 자신이 아는 누군가가 그 장면을 목격하여 자신의 체면이 손상됐을까 봐 걱정합니다. 그러면서 자신은 현장에 두고 온 지우산을 아까워하고, 겨우 아내나 때려눕히는 비겁하고 못난 속물이라고 고백합니다. 자신이 얼마나 뼈저리게 보잘것없는 존재인지를 이야기하는 것이지요.

이렇게 내가 하찮은 존재임을 느낄 때 슬픕니다. 타인의 아픔보다 나의 이익을 생각할 때 슬픕니다. 사는 게 내 맘 같지 않고, 사랑했던 사람을 더 이상 사랑할 수 없을 때 슬픕니다.

눈이 오는가 북쪽엔
함박눈 쏟아져 내리는가

험한 벼랑을 굽이굽이 돌아간
백무선 철길 위에
느릿느릿 밤새어 달리는
화물차의 검은 지붕에

연달린 산과 산 사이
너를 남기고 온
작은 마을에도 복된 눈 내리는가

잉크병 얼어드는 이러한 밤에
어쩌자고 잠을 깨어
그리운 곳 차마 그리운 곳

눈이 오는가 북쪽엔

함박눈 쏟아져 내리는가

이용악, 〈그리움〉

이렇게 그리울 때도 슬픕니다. 사무치는 그리움도 슬픔을 안깁니다. 이 시의 그리움은 막연하면서도 절실함을 느끼게 합니다. 잉크병마저 얼게 하는 추운 겨울밤, 화자는 잠에서 깹니다. '어쩌다가' 깬 것도 아니고, '어쩌려고' 깬 것도 아니에요. 운명은 어쩌자고 나를 깨운 걸까요? 하염없이 긴 겨울밤, 나는 또 하염없이 그 사람을 그리워하게 될 텐데요. '어쩌자고'라는 시어가 이 시를 슬프게 합니다. 운명처럼, 어쩌자고 다가온 그리움은 부재 못지않은 슬픔을 안겨줍니다.

시간이 슬픔을 해결해 준다고들 말합니다. 그 말대로 시간이 흐르면 아픔도, 외로움도, 슬픔도 조금씩 옅어지는 것 같기도 해요. 그래서 저는 궁금했어요. 시간은 인간의 감정을 무디게 하는 만병통치약일까? 시간의 어떤 특성 때문일까? 나의 슬픔도 시간이 지나면 괜찮아지는 걸까?

그러다가 우연히 보게 된 미국 드라마 〈NCIS New Orleans〉 시즌 4의 5화에서 답을 얻게 되었어요. 현장에 처음 투입된 군 수사국의 특수요원이 사람에게 총을 쏜 후 선배와 대화를 나누는 장면이었어요.

"자네는 사람의 목숨을 앗아갔네. 그것이 아무리 정당하다고 해도, 자네는 그 무게를 영원히 짊어지는 거야."

"좀 가벼워지기는 하나요?"

"시간이 지나면 짊어지는 방법을 배우게 되지. 그것만큼은 약속할 수 있어."

슬픔은 옅어지지 않아요. 다만, 감정을 정리하고 담아두는 방법을 알게 되는 거겠지요. 그게 어른이 되는 과정이 아닐까요?

감정 공부

어떤 감정을 느끼고 어떤 감정에 공감하는 일은
우리에게 굉장히 중요한 문제입니다.
무엇에 기뻐하고 무엇에 슬퍼하는지가
그 사람의 모습이 될 테니까요.

슬픔에 관한 이야기가 길어졌네요. 선생님이나 저나 슬픔에 관심이 많은 듯합니다. 우리뿐만 아니라 시인들도 슬픔에 관심이 많아 슬픔에 관한 시가 많기도 한 거겠지요. 맞아요, 슬픔을 없앨 수는 없어요. 그러나 슬픔을 침잠하게 할 수는 있지요. 죽을 것만 같던 슬픔도 저 깊이 내면에 묻어둘 수는 있어요. 저는 이 침잠이 슬픔을 옅어지게 한다고 생각하지만, 그 숨겨진 슬픔이 떠오르면 다시 그대로일 테니, 선생님 말씀대로 결국 슬픔은 옅어지지 않는 것이기도 하겠네요.

'시의 정서'에서 '정서'라는 말이 사람의 마음에 일어나는 여러 가지 감정을 말하는 것이니, 시는 다양한 감정을 노래한 글이라 말할 수 있을 거예요. 슬픔을 포함한 다양한 감정을 언어로 표현하여 우리에게 다양한 감정의 소통을 이루게 하지요. 우리는 이렇게 시를 통해 다양한 감정을 배워나가는 것이고요.

그런데 이러한 감정을 잘 정리한 글이 생각보다 적어요. 감정은 무엇이고, 어떻게 그런 감정이 생기고, 그 감정을 어떻게 해야 하는지를 설명한 글이 많지 않더라고요. 논리나 이성은 배워야 하는 중요한 요소로 생각하는데, 감정은 그렇지 않다고 생각해서 그런가 봐요. 배워서 되는 것이 아니라 태어날 때부터 타고난 요소라고 생각해서 그렇겠지요. 그러나 어떤 감정을 느끼고 어떤 감정에 공감하는 일은 우리에게 굉장히 중요한 문제입니다. 무엇에 기뻐하고 무엇에 슬퍼하는지가 그 사람의 모습이 될 테니까요. 타인의 감정에 공감할 수 있느냐 아니냐도 사람들과 관계를 맺는 데 중요한 요소라고 생각해요.

내 골방의 커—튼을 걷고
정성된 맘으로 황혼을 맞아들이노니
바다의 흰갈매기들같이도
인간은 얼마나 외로운 것이냐

황혼아 네 부드러운 손을 힘껏 내밀라
내 뜨거운 입술을 맘대로 맞추어 보련다
그리고 네 품 안에 안긴 모—든 것에
나의 입술을 보내게 해다오

저— 십이성좌의 반짝이는 별들에게도
종소리 저문 삼림 속 그윽한 수녀들에게도
시멘트 장판 위 그 많은 수인들에게도
의지할 가지 없는 그들의 심장이 얼마나 떨고 있을까

고비사막을 끊어가는 낙타 탄 행상대에게나
아프리카 녹음 속 활 쏘는 인디언에게라도
황혼아 네 부드러운 품 안에 안기는 동안이라도
지구의 반쪽만을 나의 타는 입술에 맡겨다오

내 오월의 골방이 아늑도 하오니
황혼아 내일도 또 저— 푸른 커—튼을 걷게 하겠지
음음히 사라지긴 시냇물 소리 같아서
한번 식어지면 다시는 돌아올 줄 모르나 보다

– 오월의 병상에서

이육사, 〈황혼〉

화자는 골방에 있어요. 이 골방에는 커튼도 쳐져 있지요. 단절된 이 공간에 황혼이 찾아와요. 이때 화자는 커튼을 걷어요. 부드럽고 따스한 황혼이 화자를 감싸네요. 골방에 갇혀 있던 화자의 외로움을 달래주는 것 같아요. 황혼의 부드러움과 따스함에서 화자는 위로를 받고 있어요.

그런데 화자는 자기만 위로받는 것에서 그치는 것이 아니라 다른 대상들도 위로받기를 소망해요. 다들 외로운 존재들이니까요. 외롭게 반짝이는 별들, 삼림 속 수녀, 차가운 시멘트 바닥에 떨고 있는 죄수들, 사막을 외롭게 걷는 행상대, 아프리카 인디언. 화자는 이 외로운 존재들과 황혼의 마지막 빛과 온기를 나누고 싶어 합니다. 골방에 갇혀 있는 외로운 존재인 화자는 외로운 사람들과 연대하고자 합니다.

이 시에는 '오월의 병상에서'라는 꼬리말이 달려 있습니다. 병상에 누워 있는 이육사는 오월 어느 날의 황혼에서 자신의 모습을 본 듯합니다. 죽어가는 존재이지만, 죽어가면서도 따스함을 지닌 존재이고 싶었나 봅니다. 그래서 자신도 황혼처럼 마지막 남은 따스함을 소외되고 외로운 존재에게 전하고 싶었나 봅니다.

감정의 연대. 이 연대가 감정 소외의 시대에 사는 현대인에게 꼭 필요한 것이 아닐까요? 혐오가 넘치는 이 시대에 같이 슬퍼하고 기뻐하는 감정의 연대야말로 우리가 공부해야 할 감정 공부가 아닌가 생각합니다.

결정적
순간

그 모든 선택이 모여 지금의 '나'가 되었다는 것만은

분명히 알 수 있어요.

수없이 했던 선택의 결과물이 지금의 저예요.

그러니 지금 제 인생에 대한 책임도 온전히 저에게 있는 거겠지요.

어떤 사람에게 호감이 생기는 순간이 있잖아요. 저는 그 순간을 정확히 말할 수 있어요. 바로 말이 통하는 순간이에요. '아'라고 말하면 '어'라고 말해서 내 마음을 정확히 알아주는 순간. 텔레파시가 있다면 그게 통했다고밖에 말할 수 없는 순간 말이에요.

예를 들면, 3월 초순 광양에 매화를 보러 가서 '매화 향기 홀로 아득하니'라고 말하는 사람이라든가, 구례 산동마을에서 분홍색 산수유 막걸리를 마시며 '서러운 서른 살 나의 이마에'라고 읊조리는 사람이 있다면 저는 그 사람에게 바로 호감이 생길 거예요. 같은 순간에 같은 생각이 떠오르는 사람, 같은 것을 보고 같은 느낌을 공유할 수 있는 사람, 내가 느낀 감정을 완벽하게 설명하지 않아도 완벽하게 이해하는 사람. 제가 호감을 느낄 수밖에 없는 사람이지요.

한번은 그런 적이 있어요. 이십 대 후반에 친구들과 새벽까지 술을 마셨어요. 술집들은 대부분 문을 닫았고 첫차 운행 시간까지는 두 시간도 넘게 남아서, 주머니가 가벼운 청춘들에게는 남은 시간을 때울 곳이 필요했지요. 마침 가까이에 아직 영업 중인 횟집이 보였고, 이미 술에 취한 우리는 최소한의 안주와 소주를 시켰어요. 횟집 주인은 딱 기본요금만큼만 가는 손님을 태운 택시기사의 심정이었을 거예요.

안주가 나왔지만, 아무도 술을 더 마시거나 회를 더 먹진 않았어요. 이미 충분히 마시고 먹었기 때문에. 횟집 주인도 우리의 상황을 알고 있는 듯했고, 딱 그만큼의 안주와 서비스를 제공했는데……. 그때였어요. 옆에 앉은 한 친구가 저에게만 들리도록 횟집 주인을 욕했어요. 생선의 질도 떨어지고, 기본 안주도 없고, 서비스가 영 엉망이라고. 저는 그 말에 동조하며 고개를 끄덕였어요.

다음 날 깨질 듯한 머리를 부여잡고 일어났는데, 갑자기 어떤 시의 한 구절이 떠올랐어요. 어떤 시인지 예상이 되세요? 그렇다면 선생님은 그때의 저와 같은 감정을 느끼신 거예요.

왜 나는 조그마한 일에만 분개하는가
저 왕궁 대신에 왕궁의 음탕 대신에
오십 원짜리 갈비가 기름덩어리만 나왔다고 분개하고
옹졸하게 분개하고 설렁탕집 돼지 같은 주인년한테 욕을 하고
옹졸하게 욕을 하고

한번 정정당당하게
붙잡혀 간 소설가를 위해서
언론의 자유를 요구하고 월남파병에 반대하는
자유를 이행하지 못하고
이십 원을 받으러 세 번씩 네 번씩
찾아오는 야경꾼들만 증오하고 있는가

옹졸한 나의 전통은 유구하고 이제 내 앞에 정서로
가로놓여 있다
이를테면 이런 일이 있었다
부산에 포로수용소의 제14야전병원에 있을 때
정보원이 너어스들과 스펀지를 만들고 거즈를
개키고 있는 나를 보고 포로경찰이 되지 않는다고
남자가 뭐 이런 일을 하고 있느냐고 놀린 일이 있었다
너어스들 옆에서

지금도 내가 반항하고 있는 것은 이 스펀지 만들기와
거즈 접고 있는 일과 조금도 다름없다
개의 울음소리를 듣고 그 비명에 지고
머리에 피도 안 마른 애놈의 투정에 진다
떨어지는 은행나무잎도 내가 밟고 가는 가시밭

아무래도 나는 비켜서 있다 절정 위에는 서 있지
않고 암만해도 조금쯤 옆으로 비켜서 있다
그리고 조금쯤 옆에 서 있는 것이 조금쯤
비겁한 것이라고 알고 있다!

그러니까 이렇게 옹졸하게 반항한다
이발쟁이에게
땅 주인에게는 못 하고 이발쟁이에게
구청직원에게는 못 하고 동회직원에게도 못 하고
야경꾼에게 이십 원 때문에 십 원 때문에 일 원 때문에
우습지 않으냐 일 원 때문에

모래야 나는 얼마큼 작으냐
바람아 먼지야 풀아 나는 얼마큼 작으냐
정말 얼마큼 작으냐……

김수영, 〈어느 날 고궁을 나오면서〉

갑자기 부끄러워졌죠. 조그마한 일에 분개한 친구나 동조한 나나, 청춘들이 새벽까지 술이나 마시며 남들 출근할 때 해롱거리며 집에 들어가는 일이나, 힘 있는 사람에게는 못 하고 횟집 주인에게 분개하는 이 모든 것들이. 삶을 치열하게 살지 못하고 '절정 위에는 서 있지 않고 암만해도 조금쯤 옆으로 비켜서' 있다는 생각이 들

어서요.

사는 일이란 손톱 밑에 가시 드는 줄 알아도 염통 안이 곪는 것은 모른다고, 눈에 보이는 작은 것들이 더 크게 느껴지는 법이지요. 그럼에도 불구하고 그것에 안주하며 살고 있던 저에게 '얼마큼 작으냐'라며 날카롭게 묻고 있는 김수영의 시는 저를 한참이나 부끄럽게 했어요.

지금도 김수영의 저 목소리가 떠오를 때가 많아요. 정면으로 맞서지 못하고 조금쯤 옆으로 비켜서 있거나, 선택을 미루는 선택을 할 때가 그렇죠.

> 평생 삶의 결정적 순간을 찍으려 발버둥 쳤으나, 삶의 모든 순간이 결정적인 순간이었다.
>
> 앙리 카르티에 브레송

지나고 보면 그때가 '결정적 순간'이었을지도 모른다는 생각을 해요. '그때 정반대의 선택을 했다면, 주저하지 않고 그냥 그 일을 했더라면 지금 난 어떻게 되었을까?' 그런 고민이요. 이러한 가정이 참 부질없고 헛된 것임을 알고 있지만, 마치 가지 않은 길처럼 언제나 미련과 후회가 남는 것이지요. 아니, 더 정확하게는 지금 이 순간이 바로 그 결정적 순간은 아닌지 언제나 주저하고 걱정하는 것일 수도 있어요. 오늘 내가 한 선택이, 혹은 내가 하지 않은 선택이 먼 훗날 혹은 가까운 미래에 영향을 미쳐 결정적 순간이 되는 것은 아닐까.

매 순간 최선의 선택을 하려고 노력하지만, 언제나 또다시 후회하고 미련을 남기겠죠. 혹은 선택을 주저하며 미루기도 하고요. 그러나 그 모든 선택이 모여 지금의 '나'가 되었다는 것만은 분명히 알 수 있어요. 수없이 했던 선택의 결과물이 지금의 저예요. 그러니 지금 제 인생에 대한 책임도 온전히 저에게 있는 거겠지요.

새롭게 보기

본질을 보는 것, 새롭게 보는 것은 참으로 어렵습니다.
내가 생각하는 것이 맞는지 끊임없이 되돌아봐도
본질을 보는지, 새롭게 보는지 알 수가 없습니다.
빠르게 변화하는 일상에서는 더욱 그렇습니다.

제가 학생들에게 자주 했던 말 가운데 하나가 '인생은 타이밍'이라는 말입니다. 이 말이 선생님께서 말씀하신 '결정적 순간'과 비슷하다는 생각이 드네요. 어떤 일은 딱 그때여서, 그 타이밍이어서 이뤄지기도, 이뤄지지 않기도 합니다.

인생에는 때가 있습니다. 변하지 않는 진리라는 것도 물론 있겠지만, 시간이 지나 지금은 틀리게 된 것도 많지요. 그래서 예전 생각을 바꾸지 않으면 꼰대가 되기도 하고, 잘못된 가치관을 가진 사람이 되기도 합니다.

> 쟁반에 먹물을 담아 햇살을 비쳐본 어린 날
> 불개는 그만 하나밖에 없는 내 날을 먹었다

이육사, 〈일식〉 중에서

이육사는 해가 가려지는 현상인 일식을 '불개는 그만 하나밖에 없는 내 날을 먹었다'고 표현합니다. 1940년의 작품이니 이육사도 물론 일식 현상에 대해서는 알고 있었겠지만, 옛이야기를 토대로 심정을 표현한 것이지요. 불개 이야기는 저도 어릴 때 들었던 적이 있으니, 꽤 오랫동안 이어져 온 이야기입니다.

일식과 같은 이런 과학적 지식은 학습을 통해 얼마든지 바뀔 수 있지만, 생각은 여간해서 바꾸기가 쉽지 않은 것 같아요. 어릴 때부터 가지고 있던 고정관념을 바꾸기는 정말 어렵더라고요. 잘못된 고정관념이나 선입견을 바꾸지 않으면 '바로 보기'가 되지 않아 사람들과 원활히 소통하며 생활하기가 어려워집니다.

> 꽃이 열매의 상부에 피었을 때
> 너는 줄넘기 작란을 한다.
>
> 나는 발산한 형상을 구하였으나
> 그것은 작전 같은 것이기에 어려웁다.
>
> 국수—이태리어로는 마카로니라고
> 먹기 쉬운 것은 나의 반란성일까.
>
> 동무여, 이제 나는 바로 보마.
> 사물과 사물의 생리와

사물의 수량과 한도와

사물의 우매와 사물의 명석성을,

그리고 나는 죽을 것이다.

김수영, 〈공자의 생활난〉

이 시는 '바로 보기'에 관한 시입니다. 사물을 바로 볼 수만 있다면 죽을 수도 있다는 이야기입니다. 김수영은 사물과 사물의 생리, 사물의 수량과 한도, 사물의 우매와 사물의 명석성을 바로 보고자 합니다. 그래서 꽃이 피어 있을 때 꽃만 보고 열매를 보지 못한다면 줄넘기 장난 수준, 그러니까 유아의 수준을 벗어나지 못한다고 말합니다. 본질을 꿰뚫는 것이 중요하다는 것이지요.

김수영은 사물의 본질을 보기 위해, 새롭게 보기 위해 노력합니다. 그는 〈푸른 하늘을〉에서 '푸른 하늘을 제압하는 노고지리가 자유로웠다고 부러워하던 어느 시인의 말은 수정되어야 한다'고 말합니다. 푸른 하늘을 나는 노고지리를 부러워하는 사람들에게 노고지리가 날아오르기 위해 어떤 대가를 치렀는지, 그 본질을 알아야 한다고 말합니다.

폭포는 곧은 절벽을 무서운 기색도 없이 떨어진다.

규정할 수 없는 물결이

무엇을 향하여 떨어진다는 의미도 없이

계절과 주야를 가리지 않고

고매한 정신처럼 쉴 사이 없이 떨어진다.

금잔화도 인가도 보이지 않는 밤이 되면

폭포는 곧은 소리를 내며 떨어진다.

김수영, 〈폭포〉 중에서

무서운 기색도 없이 떨어지는 폭포에서 김수영은 고매한 정신을 봅니다. 곧은 소리, 그러니까 올바른 소리를 봅니다. 자연의 일부인 폭포를 새롭게 바라보는 것이지요.

본질을 보는 것, 새롭게 보는 것은 참으로 어렵습니다. 내가 생각하는 것이 맞는지 끊임없이 되돌아봐도 본질을 보는지, 새롭게 보는지 알 수가 없습니다. 빠르게 변화하는 일상에서는 더욱 그렇습니다. 그래도 우리는 끊임없이 본질을 보는지, 새롭게 보는지 확인하고 또 확인해야 합니다. 그렇지 않으면 고정관념과 선입견에 빠져 제대로 세상을 살 수 없을지도 모르니까요.

낯설게 보기

그리고 슬그머니 손을 내밀어 보기도 하지요.

다른 사람들이 그 모습을 보면 이상하게 생각하겠지만,

그러고 싶을 때가 있어요. 거울 속 나와 친해지고 싶을 때요.

거울 속의 나는 나일까요?

갑자기 모든 게 낯설어질 때가 있어요. 일상적으로 듣던 단어가, 맨날 불리던 이름 석 자가 갑자기 낯설어 저도 모르게 새삼 제 이름을 발음해 보기도 합니다. 그리고는 생각해요. 나는 왜 나일까?

특히 거울을 자세히 보면 '나'라는 사람이 너무 낯설어요. 선생님은 그런 적 없으신가요? 내 눈이, 눈썹이, 코가, 입술이 이렇게 생겼구나. 부위별로 따로 볼 때는 그나마 덜 낯설었는데, 한눈에 내 얼굴을 바라보고 있으면 모든 게 생경해져요. 무표정한 내가 무표정한 나를 바라보고 있어요.

거울속에는소리가없소

저렇게까지조용한세상은참없을것이오

거울속에도 내게 귀가있소
내말을못알아듣는딱한귀가두개나있소

거울속의나는왼손잡이오
내악수를받을줄모르는 — 악수를모르는왼손잡이오

거울때문에나는거울속의나를만져보지를못하는구료마는
거울아니었던들내가어찌거울속의나를만나보기만이라도했겠소

나는지금거울을안가졌소마는거울속에는늘거울속의내가있소
잘은모르지만외로된사업에골몰할게요

거울속의나는참나와는반대요마는
또꽤닮았소
나는거울속의나를근심하고진찰할수없으니퍽섭섭하오

이상, 〈거울〉

거울을 볼 때면 가끔 이 시가 떠올라요. 그리고 슬그머니 손을 내밀어 보기도 하지요. 다른 사람들이 그 모습을 보면 이상하게 생각하겠지만, 그러고 싶을 때가 있어요. 거울 속 나와 친해지고 싶을 때요. 거울 속의 나는 나일까요? 내가 나를 들여다보는 시는 또 있어요.

고향에 돌아온 날 밤에
내 백골이 따라와 한방에 누웠다.

어두운 방은 우주로 통하고
하늘에선가 소리처럼 바람이 불어온다.

어둠 속을 곱게 풍화작용 하는
백골을 들여다보며
눈물짓는 것이 내가 우는 것이냐
백골이 우는 것이냐
아름다운 혼이 우는 것이냐

지조 높은 개는
밤을 새워 어둠을 짖는다.

어둠을 짖는 개는
나를 쫓는 것일 게다.

가자 가자
쫓기우는 사람처럼 가자

백골 몰래

아름다운 또 다른 고향에 가자.

윤동주, 〈또 다른 고향〉

이 시에는 세 명의 '나'가 등장해요. 나, 백골, 혼. 자기 자신에게 거리를 두고 보면서 찾아낸 자아들이지요. 이 시는 고향에 돌아온 '나'가 자신이 누구인지를 성찰하는 내용입니다. 먼저 '나'가 찾은 자신은 '백골'입니다. 점차 분화되며 소멸해 가고 있는 자신의 모습이지요. 그 백골을 들여다보면서 더 분화된 자신을 찾아내는데, 그것이 '혼'입니다. '아름다운'이라는 시어와 결합하여 이상적인 자아의 모습을 찾아낸 것이지요.

나는 누구일까요? 심리학에서는 네 가지 모습의 내가 있다고 합니다. 나만 아는 나, 나도 알고 너도 아는 나, 나는 모르고 너만 아는 나, 나도 모르고 너도 모르는 나. 그래서 가끔 거울 속에서 만나는 내가 어색한가 봐요. 나도 모르는 나를 만나서 그런 건가 봐요. 낯선 나를 만나서 그런 건가 봐요.

내가 나를 보는 것도 이렇게 낯선데, 나 외의 모든 것들은 얼마나 낯설까요? 선생님이 말씀하신 '새롭게 보기'를 읽으면서 저는 '낯설게 보기'를 떠올렸어요. 낯설게 보기는 새롭게 보기의 또 다른 모습일지도 모르겠네요.

시선

존경받는 사람, 뒷모습이 아름다운 사람,
묵묵히 자기 일을 하며 꿋꿋하게 걸어가는 사람.
이처럼 뒷모습이 아름다운 사람이 되고자 했으나 그와는 거리가 먼,
살아오면서 스스로를 소진하고 만 사람이 되어버렸네요.

고등학교 때였을 거예요. 어느 선생님께서 해주신 말씀인데, 지금도 기억이 납니다.

"사람을 어느 위치에서, 어떻게 보느냐에 따라 그의 모습이 달라진다. 자주 마주 보는 사람은 가족이다. 커서 네가 사랑하는 사람 또한 마주 보게 된다. 앞모습은 사랑하는 사람들이 가장 많이 보는 모습이다. 옆모습을 많이 보는 사람은 너와 함께 걸어가는 사람이다. 그리고 등을 보는 사람이 있는데, 아주 존경하는 사람이거나 짝사랑하는 사람일 것이다.

우리는 보통 마주 보는 앞모습에만 익숙한데, 옆모습이나 뒷모습도 익숙해져야 한다. 앞모습만 보고 하는 사랑이거나, 앞모습 때문에 받는 사랑이라면, 그것은 길게 가지 않는다. 사랑하는 사람이 뒷모습을 보고 반하게 해야 오래 사랑할 수 있다. 너의 뒷모습을

보고 반한다는 것은 내가 가는 길을 존중하는 것이고, 너의 가치를 중시하는 것이다. 그리고 길동무처럼 옆모습을 볼 사람 또한 꼭 마련해야 한다."

앞모습, 옆모습, 뒷모습. 내가 어디에 시선을 두느냐에 따라 달라지는 상대의 모습입니다. 지금 우리 시대는 앞모습의 시대인 것 같아요. 마주 보며 사랑을 나누는 시대이지요. 잘못된 것은 아니지만, 조금 아쉬울 때가 있어요. 옆모습과 뒷모습을 보는 사람들이 적어져서요.

옆모습을 보는 사람은 같이 길을 걷는 사람이니까 '동지'라고 부르면 좋을 듯해요. 동지가 어색하면 '동행하는 사람'이라고 해도 되겠네요. 함께 꿈꾸며 무언가를 이루기 위해 연대하는 사람들. 걷다 지치면 나와 같은 모습으로 내 곁을 지켜주는 사람들. 포기하고 싶을 때, 그 옆모습의 사람이 있어서 다시 힘을 내 살아가게 되는 것이지요.

쫓아오던 햇빛인데
지금 교회당 꼭대기
십자가에 걸리었습니다.

첨탑이 저렇게도 높은데
어떻게 올라갈 수 있을까요.

종소리는 들려오지 않는데
휘파람이나 불며 서성거리다가,

괴로웠던 사나이,
행복한 예수 그리스도에게
처럼
십자가가 허락된다면

모가지를 드리우고
꽃처럼 피어나는 피를
어두워가는 하늘 밑에
조용히 흘리겠습니다.

윤동주, 〈십자가〉

이 시에서 보이는 화자의 모습은 '뒷모습'입니다. 뒷모습의 화자는 상상할 수 있으나, 앞모습의 화자는 상상할 수 없습니다. 기도하는 화자의 뒷모습만 보입니다. 이육사의 〈광야〉에 나오는 '가난한 노래의 씨를 뿌리는 사람' 또한 뒷모습만 보입니다. 아주 오랜 세월 뒤에 올 누군가를 기다리며 묵묵히 추위를 견디는 사람의 등이 보입니다. 뒷모습이 아름다운 사람이라는 것은 묵묵히 자기의 길을 걷는 사람이라는 것을 이 시들을 통해 알았습니다.

이 시들을 읽으며 뒷모습이라는 말에서 '존경'이라는 말을 배웠습니다. 존경받는 사람, 뒷모습이 아름다운 사람, 묵묵히 자기 일을 하며 꿋꿋하게 걸어가는 사람. 이처럼 뒷모습이 아름다운 사람이 되고자 했으나 그와는 거리가 먼, 살아오면서 스스로를 소진하고 만 사람이 되어버렸네요.

앞모습도 중요하지만, 옆모습과 뒷모습도 바라보며 살아가는 시대가 되었으면 좋겠습니다. 함께 꿈꾸는 사람이 많은 세상, 존경할 사람이 많은 세상이 되었으면 좋겠습니다. 같은 곳을 보고 함께 앞서거니 뒤서거니 걷는 사람들이 많았으면 좋겠습니다. 다양한 시선으로 사람과 세상을 보는 사람이 많아졌으면 좋겠습니다. 그래야 우리 모두가 소진되지 않고, 미워하지 않고, 서로의 다양함을 인정하며 살 테니까요.

소진

스스로 고립되어 자기가 생각하는
완벽한 자신의 모습을 상정해 놓고 열심히 살았던 거죠.
그러나 인간은 자기가 만들어놓은 이상적인 나에 도달할 수 없을 거예요.
설령 그것이 가능하다고 해도, 그 사람의 삶은 얼마나 괴로울까요?

내가 소진되는 것, 번아웃(burn out). 더 이상 한 발자국도 나아갈 수 없을 때, 팔을 들어 올릴 힘조차 없을 때, 나 자신이 내가 아닌 것 같을 때 소진됐다고 합니다. 표준국어대사전에 따르면 '소진'은 "점점 줄어들어 다 없어짐. 또는 다 써서 없앰." 또는 "다 타서 없어짐."이라는 의미지요. 내가 나를 다 써서 없애고, 자기 자신이 다 타서 없어진다는 말은 소름 끼치게 무서워요. 결국 내가 '무(無)'가 되는 것이니까요.

벌판한복판에 꽃나무하나가있소 근처에는 꽃나무가하나도없소 꽃나무는제가생각하는꽃나무를 열심으로생각하는것처럼 열심으로꽃을피워가지고섰소. 꽃나무는제가생각하는꽃나무에게갈수없소 나는막달아났소 한꽃나무를위하여 그러는것처럼 나는참그런이상스러운흉내를 내었소.

이상, 〈꽃나무〉

저 꽃나무에 '나'를 대입해 보면, 이 시는 참 슬픈 시가 돼요. 도달할 수 없는 이상과 목표를 세워놓고 열심히 달려가요. 누군가 그렇게 하라고 한 것도 아닌데, 스스로 고립되어 자기가 생각하는 완벽한 자신의 모습을 상정해 놓고 열심히 살았던 거죠. 그러나 인간은 자기가 만들어놓은 이상적인 나에 도달할 수 없을 거예요. 설령 그것이 가능하다고 해도, 그 사람의 삶은 얼마나 괴로울까요?

며칠 전, 어떤 연수에서 같은 학교 선생님과 이야기를 나눌 기회가 있었어요. 5년 차 선생님이신데, 수업이면 수업, 학생 지도면 지도, 어느 것 하나 부족함이 없는 선생님이시죠. 학생들과 대화할 때도 자상한 웃음을 잃지 않았고, 자신의 교과목에 대한 전문성도 뛰어난 선생님이라 저는 속으로 그 선생님을 부러워하고 있었어요. 그런데 그 선생님이 앞으로 계속 교직에 있을 수 있을지 걱정이 되어 이 연수를 신청했다는 거예요. 저는 깜짝 놀랐어요. 그리고 위안도 되었죠. 아, 나만 힘든 게 아니구나.

그 선생님은 아이들과 수업에 가진 에너지와 열정을 모두 쏟아부었던 것 같아요. 게다가 우리 학교에는 좋은 선생님들과 아이들이 많아 보고 배우는 것도, 아이들과 하고 싶은 것들도 많거든요. 그래서 이상적인 교사의 모습을 머릿속에 세워놓고 자기 자신을 열심히 다그쳤던 건 아니었을까 싶었어요. 그렇게 벌써 번아웃이

온 건 아닐까 걱정이 되었죠.

〈꽃나무〉를 쓴 이상은 이상적인 꽃나무로부터 도망치면서 그 상황을 회피합니다. 소진된 인간이 취할 수 있는 보편적인 방법이겠지요. 일상과 거리를 두는 일이요. 소진된 사람들은 일을 그만두고 여행을 떠나거나 도시를 떠나 자연 속으로 갑니다. 그리고 이내 깨닫게 됩니다. 그동안 이상스러운 흉내를 내며 살아왔다는 사실을요.

남들보다 잘살고 싶고 돈도 많이 벌고 싶은 욕망이 우리를 갉아먹고, 우리를 다 써서 없애버리는 건 아닐까 싶네요. 욕망이 스스로를 불태우고 있다는 것을, 시인은 깨달았던 것 같아요. 그러니 다른 사람을 흉내 내지 말고, 소진될 만큼 열심히 꽃을 피워내지 말라고 말하고 있는 것이겠죠. 목표의 실패로 인해 상처받고, 타인과의 비교로 인해 좌절하고 있는 우리는 100년 전의 시에서 위안을 받고 있네요. 그러니 다 타버린 자신을 다시 채울 수 있도록 잠시 멈추어 쉬고, 거리를 두고, 그리고 시를 읽어야겠습니다. 그리고 김영랑처럼 곧 떠오를 달을 기다리며 밤을 맞이해야겠네요.

사개 틀린 고풍의 툇마루에 없는 듯이 앉아
아직 떠오를 기척도 없는 달을 기다린다
아무런 생각 없이
아무런 뜻 없이

이제 저 감나무 그림자기
사뿐 한 치씩 옮아오고
이 마루 위에 빛깔의 방석이
보시시 깔리우면

나는 내 하나인 외로운 벗
가냘픈 내 그림자와
말없이 몸짓 없이 서로 맞대고 있으려니
이 밤 옮기는 발짓이나 들려오리라

김영랑, 〈사개 틀린 고풍의 툇마루에〉

'아무런 생각 없이 아무런 뜻 없이' 밤의 시간을 기다려야겠어요. 내 그림자를 벗 삼아 소진된 몸과 마음을 충전해야겠어요. 밤의 시간과 밤을 밝혀주는 달은 소진된 몸과 마음을 충전해 줄 테니까요. 선생님과 나눈 시와 인생 이야기도 다시 읽어보면서요. 34년간 아이들에게 국어를 가르치셨던 선생님도 소진되고, 그래서 힘드셨겠지요. 그래도 선생님께서 내신 발자국은 후배들에게 지표가 되었으니, 이제는 선생님께서도 툇마루에 앉아 쉬셔도 되지 않을까요? 그리고 다시 힘을 얻어 새로운 발자국을 내주세요.

에필로그

인생이 그렇지 뭐

내가 하고 싶었던 말을 정확히 표현한 문장을 만날 때 희열을 느낀다. 소설가 정용준의 《소설 만세》에서 "생각과 의견이라는 것은 물과 공기와 같아서 때마다 또 상황에 따라 모양과 느낌이 다르다."라는 문장을 발견하고도 그랬다. '그때는 맞고 지금은 틀리다.'의 다른 버전이라고 할 수 있겠는데, 이 책을 쓰면서 내내 걱정했던 부분이었다. 분명 그 당시에 나는 이렇게 생각해서 이렇게밖에 쓸 수 없었지만, 시간이 흘러, 혹은 어떤 사건을 겪고 저렇게밖에 쓸 수 없는 사람이 되어버린 것이다.

따라서 "너는 A라고 생각하는구나?"라고 누군가 질문하면 나는 당황할 수밖에 없다. 말을 했던 당시에는 그렇게 생각했었는지 모르지만, 지금은 그렇게 생각하지 않는 부분도 있기 때문이다. 그러면서 나는 왜 이렇게 우유부단하며 우왕좌왕하는가 하는 자괴감에 빠지게 된다.

그러므로 이 책의 '나'는 그때의 '나'였음을 이해해 주길 바란다. 지금은 생각이나 취향이 변했을 수도 있고, 더욱 강력해졌을 수도 있다.

그게 우유부단하며 우왕좌왕하는 나의 진짜 모습인 듯도 싶다.

전국국어교사모임에서 좋은 선생님들을 많이 만났다. 좋은 교사가 되는 법도 배우고, 좋은 사람이 되는 법도 배웠다. 그 만남을 통해 처음 살아보는 인생에서 실수를 조금씩 줄여나갈 수 있었다. 선배가 있다는 건 참 고마운 일이다. 누구나 겪는 일을 먼저 겪어본 선배가 있으므로 후배들은 그 길을 따르거나 피해 가면 된다. 물론 배우고 알았다고 다 그렇게 되는 건 아니지만 말이다.

내 인생의 멘토 같은 이정관 선생님과 편지를 주고받으며 시를 읽었다. 나를 표현하는 것에 어색한 내가, 시에 기대어 나를 살펴보면서 나를 표현할 수 있었다. 그러면서 나도 몰랐던 '나'라는 사람을 발견할 수 있었다. 이 책을 읽는 사람들에게도 그런 경험이 되기를 바란다. 선배의 이야기를 통해, 시를 통해, 어지러운 세상으로부터 받은 상처를 들여다보는 기회가 되면 좋겠다.

권진희

시에서 삶을 읽다

두 교사가 나누는 삶과 시 이야기

1판 1쇄 발행일 2023년 1월 17일

지은이 권진희 이정관

발행인 김학원
발행처 (주)휴머니스트출판그룹
출판등록 제313-2007-000007호(2007년 1월 5일)
주소 (03991) 서울시 마포구 동교로23길 76(연남동)
전화 02-335-4422 **팩스** 02-334-3427
저자·독자 서비스 humanist@humanistbooks.com
홈페이지 www.humanistbooks.com
유튜브 youtube.com/user/humanistma **포스트** post.naver.com/hmcv
페이스북 facebook.com/hmcv2001 **인스타그램** @humanist_insta

편집책임 문성환 **편집** 윤무재 **디자인** 이수빈
용지 화인페이퍼 **인쇄** 청아디앤피 **제본** 민성사

ISBN 979-11-6080-956-5 03810